इस्लाम धर्म की रूपरेखा

राहुल सांकृत्यायन

प्रभाकर प्रकाशन

HB ISBN: 978-93-56828-80-3

ISBN: 978-93-56827-58-5

eISBN: 978-93-56827-44-8

© प्रकाशकाधीन

प्रकाशकः प्रभाकर प्रकाशन

प्लॉट नं.-55, मेन मदर डेयरी रोड

पांडव नगर, ईस्ट दिल्ली-110092

फोनः 011-40395855

व्हाट्स ऐपः +91 9319228272

ई-मेलः sales@pharosbooks.in

वेबसाइटः www.prabhakarprakashan.com

प्रथम संस्करणः 2024

मुद्रकः सुषमा बुक बाईंडिंग हाउस ओखला इंडस्ट्रियल एरिया फेस-II, नई दिल्ली-110020

इस्लाम धर्म की रूपरेखा

राहुल सांकृत्यायन

निवेदन

बहुत दिनों से इच्छा थी कि हिन्दुओं–विशेषकर पंडित समुदाय को इस्लाम धर्म का परिचय कराने के लिए एक पुस्तक लिखूँ। संयोग से ऐसा अवसर भी सन् १९२२ ई० की जेलयात्रा में हाथ लगा। संस्कृतज्ञ पंडित-समुदाय एक तो हिन्दी भाषा की ओर रुचि ही कम रखता है, दूसरे वैसा करने से प्रचार भी अधिक दूर तक होगा। इन्हीं सब विचारों से ग्रन्थ को संस्कृत में लिखना आरम्भ किया। थोड़ा लिखने के बाद मैंने उसे अपने सहयोगी नारायण बाबू को 'उल्था' करके सुनाया। इस पर उनकी राय हुई कि ग्रन्थ हिन्दी में भी लिखा जाना चाहिए। तब से 'इस्लाम धर्म की रूपरेखा' का कुछ भाग हिन्दी में भी लिखा गया। बाहर निकलने पर कई महानुभावों ने छपाने की प्रेरणा दी, किन्तु मैं मजबूर था, क्योंकि ग्रन्थ अभी साफ लिखा नहीं गया था तथा बाहर के एक अन्य कामों के आधिक्य से उसके लिए अवसर भी मिलना कठिन था। सौभाग्य से एक बार फिर ऐसा अवसर हाथ लगा और मैंने इस काम को समाप्त करने में बहुत जल्दी से काम लिया। देखें, अभी संस्कृत 'इस्लाम धर्म की रूपरेखा' को कब उसके पाठकों के हाथ में जाने का सौभाग्य प्राप्त होता है, किन्तु हिन्दी 'इस्लाम धर्म की रूपरेखा' तो प्रथम ही उसका पात्र हो रहा है।

हिन्दू-धर्म में जैसे अनेक सम्प्रदाय तथा उनके सिद्धान्तों में परस्पर भेद है, वैसे ही 'इस्लाम' की भी अवस्था है। इन कठिनाइयों से बचने के लिए मैंने 'क़ुरान' के मूल को उन्हीं शब्दों में केवल भाषा के परिवर्तन के साथ 'इस्लाम धर्म' को रखने का प्रयत्न किया है। बहुत कम जगह आशय स्पष्ट करने के लिए कुछ और भी लिखा गया है।

ग्रन्थ लिखने का प्रयोजन हिन्दुओं को अपने पड़ोसी मुसलमान भाइयों के धर्म की जानकारी कराना है, जिसके बिना दोनों ही जातियों में एक-दूसरे के विषय में अनेक भ्रम आये दिन उत्पन्न हो जाया करते हैं। यह उक्त अभिप्राय का कुछ भी अंश इससे पूर्ण हो सका तो मैं अपने श्रम को सफल समझूँगा।

–राहुल सांकृत्यायन

अनुक्रम

प्रथम बिन्दु

द्वितीय बिन्दु

पंचम बिन्दु

षष्ठ बिन्दु

सप्तम बिन्दु

अष्टम विन्दु

नवम विन्दु

दशम बिन्दु

एकादश बिन्दु

प्रथम बिन्दु

अरब और महात्मा मुहम्मद

एशिया-खण्ड के दक्षिण-पश्चिमांचल में फ़ारस की खाड़ी भारतीय समुद्र, रक्तसागर 'हलब' और फ़ुरात आदि नदियों से घिरा अरब देश है। ६,००० मील लम्बे २,२४० मील चौड़े बालुकामय इस पहाड़ी देश की तुलना कुछ-कुछ हमारे यहाँ के मारवाड़ और बीकानेर से हो सकती है। बहुत दिनों से अरब-निवासी 'बद्दू' बकरी-ऊँट चराते एक स्थान से दूसरे स्थान घूमते-फिरते हैं। 'शाम' की भाषा में मरुभूमि को 'अरबत्' कहते हैं, इसी से 'अरब' शब्द निकला है। यहाँ का उच्चतम पर्वत 'सिरात', 'यमन' प्रदेश से 'शाम' तक फैला हुआ है, जिसकी सबसे ऊँची चोटी ५,३३३ हाथ ऊँची है। बीच-बीच में कहीं-कहीं विशेषकर 'शाम' प्रदेश में खेती के उपयुक्त उर्वरा भूमि भी है। जहाँ-तहाँ सोने-चाँदी की खानें भी पायी जाती हैं।

प्राचीन अरब

अत्यंत प्राचीन काल में 'जदीस', 'आद', 'समूद' आदि जातियाँ, जिनका अब नाममात्र शेष है, अरब में निवास करती थीं, किन्तु भारत-सम्राट हर्षवर्द्धन के सम-सामयिक हजरत मुहम्मद के समय 'क़हतान', 'इस्माईल' और 'यहूदी' वंश के लोग ही अरब में निवास करते थे। अरब की सभ्यता के विषय में जर्मन विद्वान् 'नवेल्दकी' लिखता है–

"ईसा से एक हजार वर्ष पूर्व अरब के आग्नेय कोण की सभ्यता चरम सीमा को पहुँची हुई थी। गर्मियों में वर्षा के हो जाने से 'सबा' और 'हमीर' का यह 'यमन' देश बड़ा हरा-भरा रहता था। यहाँ की प्रशस्तियाँ और भव्य प्रासादों के ध्वंसावशेष आज भी हमें बलात् प्रशंसा के लिए प्रेरित करते हैं। 'समृद्ध-अरब' यह यवनों और रोमकों (इटलीवालों) का कहना यहाँ के लिए बिलकुल उपयुक्त था। 'सबा' की गौरवसूचक अनेक कथाएँ 'बाइबिल' ग्रन्थ में पायी जाती हैं जिनमें 'सबा' की महारानी और सुलेमान की मुलाकात विशेषतः स्मरणीय है। 'सबा' वालों ने उत्तर में अरब के 'दमश्क' प्रान्त से लेकर 'अबीसीनिया' (अफ्रीका में) पर्यन्त, आरम्भ ही में लेखनकला का प्रचार किया था।"

'फारेस्टर' महाशय ने अपने भूगोल में शाम के पड़ोसी प्राचीन 'नाबत' राज्य के विषय में लिखा है–

यूटिड् महाशय ही का यह प्रयत्न है कि प्राचीन ध्वंसावशिष्ट सामग्रियों द्वारा चिर लुप्त समूद जाति का परिचय हमको मिल सका। आरम्भ में इसके द्वारा शिक्षित 'नाबत' जाति भी इसके सदृश ही थी, जिसकी कीर्ति अरब की मरुभूमि का उल्लंघन कर 'हिजाज' और 'नज्द' तक फैली हुई थी। वाणिज्य, व्यवसाय द्वारा धनार्जन में कुशल यह लोग इस्माईल-वंश के अनुरूप युद्धभय से भी निर्भय थे। इनके फिलस्तीन तथा 'शाम' पर आक्रमण, और अरब समुद्र में अनेक बार मिस्र के जहाजों पर डाका डालने यूनान के राजाओं को भी इनकी शत्रुता के लिए प्रेरित किया था, किन्तु 'रोम' की सम्मिलित शक्ति के अतिरिक्त कोई भी इनको परास्त करने में समर्थ न हुआ। 'अस्रातू' के समय अशक्त होकर इन्होंने रोम की सन्दिग्ध अधीनता स्वीकार की थी।

'थ्याचर' महाशय 'आंग्ल विश्वकोष' में लिखते हैं–

"ईसा से कई सौ वर्ष पूर्व दक्षिण की ओर कोई उच्चतम सभ्यता थी। आज वहाँ नगर-प्राकार का ध्वंस बाक़ी है, जिसका वर्णन बहुत से यात्रियों ने किया है। यमन और हज़मौत में ऐसे ध्वसांवशेषों का बाहुल्य है। वहाँ कहीं-कहीं प्रशस्तियाँ भी प्राप्त होती हैं।"

कदर्जानी ने 'नगर-ध्वंसावशेष' पुस्तक में 'सनआ' के समीपवर्ती दुर्ग को सप्त आश्चर्यों में गिना है।

"प्राचीन 'सबा' की राजधानी 'यारब नगरी' के ध्वंस को अर्नो, हाल्वे और ग्लाजी महाशयों ने देखा है। वहाँ की अवशिष्ट बड़ी खाई के चिन्ह जीर्णोद्धार किये गये अदन के कुंडो का स्मरण दिलाते हैं। 'ग्लाज्री' प्रकाशित दो दीर्घ प्रशस्तियों से उनका पुनरुद्धार ईसा के पंचम और षष्ठम शतक में किया गया प्रतीत होता है।"

"यमन प्रान्त के 'हरान' नामक स्थान में ३० हाथ लम्बी खाई मिली है।"

मुहम्मदकालीन अरब

प्राचीन काल में अरब-निवासी सुसभ्य और शिल्प-कला में प्रवीण थे, यह ऊपर के उदाहरण में स्पष्ट है, परन्तु 'नीचैर्गच्छत्युपरि च तथा चक्रनेमिक्रमेण' के अनुसार कालान्तर में उनके वंशज घोर अविद्यान्धकार में निमग्न हो गये और सारी शिल्पकलाओं को भूल कर ऊँट-बकरी चराना मात्र उनकी जीविका का उपाय रह गया। वह इसके लिए एक स्रोत से दूसरे स्रोत, एक स्थान से दूसरे स्थान में हरे चरागाहों को खोजते हुए खेमों में निवास करके कालक्षेप करने लगे। कनखजूरा, गोह, गिरगिट आदि सारे जीव उनके भक्ष्य थे। नर-बलि, व्यभिचार, द्यूत और मद्यपान आदि का उनमें बड़ा प्रचार था। 'इस्लाम' के पूर्व पिता की अनगिनत स्त्रियाँ दायभाग के तौर पर पुत्रों में बाँट दी जाती थीं, जिन्हें वह अपनी स्त्री बना लेते थे। राजपुत्र 'अमुल्कैस' कवि के अपने और अपनी फुआ की कन्या-सम्बन्धी दुर्वृत्तिपूर्ण काव्य को भी बड़ी प्रसन्नता से लोगों ने 'काबा' के पवित्र मन्दिर में स्थान दिया था। प्राचीन राज्यों के विध्वंस हो जाने पर परस्पर लड़ने-भिड़ने वाले क्षुद्र परिवार-सामन्तों का स्थान-स्थान पर अधिकार था। एक भी आदमी का हत होना, उस समय उभय परिवार के लिए चिरकाल-पर्यन्त कलह का पर्याप्त बीज हो जाता था। उस द्वेषाग्नि को माता के दूध के साथ लड़कों के हृदयों में प्रविष्ट कर दिया जाता था। युद्ध के कैदियों के साथ उनके स्त्री और बच्चों का भी शिरच्छेद उस समय की प्रथा ने अतिसाधारण था। निद्रितों पर आक्रमण कर लूटने और मारने में कुशल लोग 'फ़ातक़' और 'फ़ताक़' शब्दों से अभिपूजित होते थे। प्रज्ज्वलित अग्नि में जीवित मनुष्य को डाल देना उनके समीप कोई असाधु कर्म नहीं समझा जाता था। हिन्दू-पुत्र अमरू ने अपने भाई के मारे जाने पर एक के बदले सौ के मारने की प्रतिज्ञा की। उसने एक दिन अपने प्रतिपक्षी 'तमीम' वशियों पर धावा किया, किन्तु लोग बस्ती छोड़ कर भाग गये थे। केवल 'हमरा' नाम

की एक बुढ़िया वहाँ रह गई थी, जिसे उसने जलती आग में डलवा दिया। उसी समय अभाग्य का मारा 'अमारा' नामक एक क्षुधातुर सवार दूर से धुआँ उठते देख भोजन की आशा से उधर आ निकला। इन लुटेरों के पूछने पर उसने उत्तर दिया कि मैं कई दिन का भूखा हूँ। कुछ मिलने की आशा से आया हूँ। इस पर 'अमरू ने अपने साथियों को आज्ञा दी कि इसको भी आग में डाल दो।

कोमल शिशुओं को लक्ष्य बनाकर तीर मारना, असह्य पीड़ा देने के लिए एक-एक अंग को थोड़ा-थोड़ा करके काटना, शत्रु के मुर्दों की नाक कान काट डालना, यहाँ तक कि उनके कलेजे खा जाना इत्यादि उस समय के अनेक क्रूर कर्म, उनकी नृशंसता के परिचायक थे।

मुहम्मद-जन्म

ऐसे अन्धकार के समय अरब के प्रधान नगर 'बक्का' (मक्का) में अब्दुल्मतल्लब के पुत्र की भार्या 'आमना' के गर्भ से स्वनामधन्य महात्मा 'मुहम्मद' ६१७ विक्रम सम्वत् में उत्पन्न हुए। इनका वंश 'हासिन' वंश के नाम से प्रसिद्ध था, जब अभी यह गर्भ ही में थे कि इनके पिता स्वर्गवासी हुए। माता और पितामह का बालक पर असाधारण स्नेह था। एक स्थान से दूसरे स्थान पर घूमने वाले बद्दू लोगों की स्त्रियों को पालने के लिए अपने बच्चों को दे देना 'मक्का' के नागरिकों की प्रथा थी। एक समय 'साद' वंश की एक बद्दू स्त्री 'हलीमा' मक्का में आई। उसको कोई और बच्चा नहीं मिला था जिससे जब धनहीन 'आमना' ने अपने पुत्र को सौंपने को कहा, तो उसने यह समझ कर स्वीकार कर लिया कि खाली हाथ जाने से जो ही कुछ पल्ले पड़ जाय, वही अच्छा। 'हलीमा' ने एक मास के शिशु 'मुहम्मद' को लेकर अपने डेरे को प्रस्थान किया। इस प्रकार बालक 'मुहम्मद' ४ वर्ष तक बद्दू-गृह में पलता रहा' पीछे वह फिर अपनी स्नेहमयी माता की गोद में आया। एक समय सती 'आमना' ने कुटुम्बियों से भेंट करने के लिए बालक मुहम्मद के साथ अपने मायके 'मदीना' को प्रस्थान किया। वहाँ से लौटने पर मार्ग में 'अव्वा' नामक स्थान पर पितृछाया-विहीन बालक 'मुहम्मद' को अमृततुल्य मातृ-करस्पर्श से भी वंचित कर देवी 'आमना' ने स्वर्गारोहण किया। बहू और पुत्र के वियोग से खिन्न पितामह 'अब्दुल्मतल्लब' ने वात्सल्यपूर्ण हृदय से पौत्र के पालन-पोषण का भार अपने ऊपर लिया, किन्तु भाग्य

को यह भी स्वीकृत न था और मुहम्मद को ८ वर्ष का छोड़कर वह भी काल के गाल में चले गये। मरते समय उन्होंने अपने पुत्र 'अबूतालिब' को बुला कर करुण स्वर में आदेश दिया कि मातृ-पितृ-विहीन वत्स 'मुहम्मद' को पुत्र समान जानना।

महात्मा 'मुहम्मद' ने 'अबूतालिब' की प्रेमपूर्ण अभिभावकता में कभी वन में ऊँट-बकरी चराते तथा कभी साथियों के साथ खेलते-कूदते अपने लड़कपन को सानन्द बिताया। जब वह १२ वर्ष के थे और उनके चाचा व्यापार के लिए बाहर जाने वाले थे, तब उन्होंने साथ चलने के लिए बहुत आग्रह किया। चाचा ने मार्ग के कष्ट का ख़याल कर इसे स्वीकार न किया, जब चाचा ऊँट लेकर घर से निकलने लगे, तो भतीजे ने ऊँट की नकेल पकड़ कर रोते हुए कहा–"चाचाजी, न मेरे पिता है, न माँ। मुझे अकेले छोड़ कर कहाँ जाते हो। मुझे भी साथ ले चलो।" इस बात से 'अबूतालिब' का चित्त इतना द्रवित हुआ कि वह अस्वीकार न कर सके और साथ ही मुहम्मद को भी लेकर 'शाम' की ओर प्रस्थित हुए। इसी यात्रा में बालक ने ख्रीष्ट-तपोधन 'बहेरा' का प्रथम दर्शन पाया।

विवाह

जन-प्रवाद है कि असाधारण प्रतिभाशाली महात्मा 'मुहम्मद' आजीवन अक्षर-ज्ञान से रहित रहे। व्यवहार-चतुरता, ईमानदारी आदि अनेक सद्गुणों के कारण कुरैश-वंश की एक समृद्धिशालिनी स्त्री 'खदीजा' ने अपना गुमाश्ता बनाकर २५ वर्ष की अवस्था में नवयुवक मुहम्मद से 'शाम' जाने के लिए कहा। उन्होंने इसे स्वीकार कर बड़ी योग्यतापूर्वक अपने कर्त्तव्य का निर्वाह किया। इसके कुछ दिनों बाद 'खदीजा' ने उनके साथ ब्याह करने की इच्छा प्रकट की। यद्यपि 'खदीजा' की अवस्था ४० वर्ष की थी। उसके दो पति पहले भी मर चुके थे, किन्तु उसके अनेक सद्गुणों के कारण महात्मा मुहम्मद ने इस प्रार्थना को स्वीकार कर लिया।

तत्कालीन मूर्तियाँ

'हुब्ल', 'लात्', 'मनात', 'उज्ज' आदि भिन्न-भिन्न अनेक देव-प्रतिमाएँ उस समय अरब के प्रत्येक कबीले में लोगों की इष्ट थीं। बहुत पुराने समय में वहाँ मूर्तिपूजा न थी। 'अमर' नामक 'काबा' के एक प्रधान पुजारी ने 'शाम' देश में सुना कि इनकी

आराधना से दुष्काल से रक्षा और शत्रु पर विजय प्राप्त होती है। उसी ने पहले-पहल 'शाम' से लाकर कुछ मूर्तियाँ 'काबा' के मन्दिर में स्थापित की। देखादेखी इसका प्रचार इतना बढ़ा कि सारा देश मूर्तिपूजा में निमग्न हो गया। अकेले 'काबा, मन्दिर में ३६० देवमूर्तियाँ थीं, जिनमें हुब्ल–जो छत पर स्थापित था–कुरैश-वंशियों का इष्ट था। 'जय हुब्ल' उनका जातीय घोष था। लोग मानते थे कि ये मूर्तियाँ ईश्वर को प्राप्त कराती हैं, इसीलिए वे उन्हें पूजते थे। अरबी में 'इलाह' शब्द देवता और उनकी मूर्तियों के लिए प्रयुक्त होता है' किन्तु 'अलाह' शब्द 'इस्लाम' काल से पहले उस समय भी एक ही ईश्वर के लिए प्रयुक्त होता था।

श्रीमती 'खदीजा' और उनके भाई 'नौफ़ल' मूर्तिपूजा-विरोधी यहूदी धर्म के अनुयायी थे। उनके और अपनी यात्राओं में अनेक शिष्ट महात्माओं के सत्संग एवं लोगों के पाखण्ड ने उन्हें मूर्तिपूजा से विगतश्रद्ध बना दिया। वह ईसाई भिक्षुओं की भाँति बहुधा 'हिरा' की गुफा में एकान्त-सेवन और ईश्वर-प्रणिधान के लिए जाया करते थे। 'इक्रा बि-इस्मि रब्बिक' (पढ़ अपने प्रभु के नाम के साथ) यह प्रथम कुरान वाक्य पहले वहीं पर देवदूत 'जिब्राइल' द्वारा महात्मा 'मुहम्मद' के हृदय में उतारा गया। उस समय देवदूत के भयंकर शरीर को देखकर क्षण भर के लिए वह मूच्छिंत हो गये थे, जब उन्होंने इस वृत्तान्त को श्रीमती 'खदीजा' और 'नौफल' को सुनाया तो उन्होंने कहा–"अवश्य वह देवदूत था जो इस भगवद्वाक्य को लेकर तुम्हारे पास आया था।" इस समय महात्मा मुहम्मद की आयु ४० वर्ष की थी। यहीं से उनकी पैगम्बरी (भगवदूतता) का समय प्रारम्भ होता है।

इस्लाम का प्रचार और कष्ट

ईश्वर के दिव्य आदेश को प्राप्त कर उन्होंने 'मक्का' के दाम्भिक और समागत यात्रियों को 'कुरान' का उपदेश सुनाना आरम्भ किया। मेला के खास दिनों ('इहराम' के महीनों) में दूर से आये हुए तीर्थ-यात्रियों के समूह को छल-पाखण्डयुक्त लोकाचार और अनेक देवताओं की उपासना का खण्डन करके, वह एक ईश्वर (अल्लाह) की उपासना और शुद्ध तथा सरल धर्म के अनुष्ठान का उपदेश करते थे। 'कुरैशी' लोग अपने इष्ट, आचार और आमदनी की इस प्रकार निन्दा और उस पर इस प्रकार का कुठाराघात देखकर भी 'हाशिम'-परिवार की चिरशत्रुता के भय से उन्हें मारने की

हिम्मत न कर सकते थे, किन्तु इस नवीन धर्म-अनुयायी, दास-दासियों को तप्त बालू पर लिटाते, कोडे मारते तथा बहुत कष्ट देते थे, तो भी धर्म के मतवाले प्राणपण से अपने धर्म को न छोड़ने के लिए तैयार थे। इस अमानुषिक असह्य अत्याचार को दिन पर दिन बढ़ते देख कर अन्त में महात्मा ने अनुयायियों को 'अफ्रीका' खण्ड के 'हब्स' नामक राज्य में–जहाँ का राजा बड़ा न्यायपरायण था–चले जाने की अनुमति दे दी। जैसे-जैसे मुसलमानों की संख्या बढ़ती जाती थी, कुरैशी का द्वेष भी वैसे-वैसे बढ़ता जाता था, किन्तु 'अबूतालिब' के जीवन पर्यन्त खुलकर उपद्रव करने की उनकी हिम्मत न होती थी, जब 'अबूतालिब' का देहान्त हो गया तो उन्होंने खुले तौर पर विरोध करने पर कमर बाँधी।

मदीना-प्रवास

अब महात्मा मुहम्मद की अवस्था ५३ वर्ष की थी। उनकी स्त्री श्रीमती 'खदीजा' का भी देहान्त हो चुका था। एक दिन 'कुरैशियों' ने हत्या के अभिप्राय से उनके घर को चारों ओर से घेर लिया, किन्तु महात्मा को इसका पता पहले से ही मिल चुका था। उन्होंने पूर्व ही वहाँ से 'यस्रिब' (मदीना) नगर को प्रस्थान कर दिया था। वहाँ के शिष्य-वर्ग ने अति श्रद्धा से गुरु सुश्रुषा करने की प्रार्थना की थी। पहुँचने पर उन्होंने महात्मा के भोजन, वासगृह आदि का प्रबन्ध कर दिया। जब से उनका निवास 'यस्रिब' में हुआ, तब से नगर का नाम 'मदीतुन्नबी' या 'नबी का नगर' प्रख्यात हुआ। उसी को छोटा करके आजकल केवल 'मदीना' कहते हैं। 'कुरान' में तीस खण्ड है और वह ११४ 'सूरतों' (अध्यायों) में भी विभक्त है। निवास-क्रम से प्रत्येक सूरत 'मक्की' या 'मद्री' नाम से पुकारी जाती है, अर्थात् 'मक्का' में उतरी 'सूरतें' 'मक्की' और मदीना में उतरी 'मद्री' कही जाती हैं।

मृत्यु

'मदीना' में अभी वह अधिक दिन तक शान्तिपूर्वक विश्राम न कर सके थे, कि वहाँ भी 'कुरैश' उन्हें कष्ट पहुँचाने लगे। अन्त में आत्मरक्षा का कोई अन्य उपाय न देख 'कुरैश' और उनकी कुमंत्रणा में पड़े हुए 'मदीना'-निवासी यहूदियों के साथ उन्हें अनेक युद्ध करने पड़े, जिनकी समाप्ति 'मक्का-विजय' और 'काबा' को मूर्तिरहित

करने के साथ हुई। जन्म-नगरी के विजय करने पर भी मदीना-निवासियों के स्नेहपाश में बद्ध हो महात्मा ने अपने शेष जीवन को मदीना में ही व्यतीत किया। उनके जीवन में ही सारा अरब एक राष्ट्र और एक धर्म के सूत्र में आबद्ध हो 'इस्लाम धर्म' में प्रविष्ट हो गया। ६३ वर्ष की अवस्था में इस प्रकार महात्मा 'मुहम्मद' अपने महान् जीवनोद्देश्य को पूर्ण कर शिष्य जनों को अपने वियोग से दुःखसागर में मग्न करते मृत्यु को प्राप्त हुए। 'कुरान' के भाव समझने में पद-पद पर उस समय की परिस्थिति और घटना अपेक्षित है। उसे स्पष्ट करने के लिए तत्कालीन और प्राचीन अरब की दशा के साथ महात्मा की संक्षिप्त जीवनी भी आवश्यक है, जैसा कि अगले पृष्ठों से पता लगेगा। इसलिए यहाँ इसके विषय में कुछ करना पड़ा। ४०वें वर्ष में 'इक्रा बि इस्मि रब्बिक' से लेकर मरने के १७ दिन (किसी-किसी के मत से १२ दिन) पूर्व 'रब्बिकल् अक्रम' (प्रभु तू अति महान् है) दस वाक्य के उतरने तक, जो कुछ दिव्योपदेश महात्मा 'मुहम्मद' द्वारा प्रचारित हुआ, उसी का संग्रह 'कुरान' के नाम से प्रसिद्ध, मुसलमानी धर्म का स्वतः प्रमाण ग्रन्थ है।

द्वितीय बिन्दु

क़ुरान का प्रयोजन, वर्णन-शैली

'कदाचित तुमको ज्ञान हो, इसलिए उस (मुहम्मद) पर हमने अरबी 'क़ुरान' उतारा!' (१२ : १ : २)

'मंगल संदेशप्रद, भवदायक, वह ग्रंथ–अरबी क़ुरान–परम कृपालु दयामय की ओर से उतरा है। इसमें उस (प्रभु) का लक्षण वर्णित है जिसमें कि जातियाँ उसे जानें।' (४१ : १ : २-४)

'हे मुहम्मद! इस प्रकार हमने अरबी क़ुरान तेरे हृदयस्थ किया, तू उससे ग्रामों की जननी (मक्का) और उसके आसपास को इकट्ठा होने के दिन (प्रलय) से डरावै।' (४२ : १ : ७)

'हे मुहम्मद! इस प्रकार हमने उस अरबी हुक्म (क़ुरान) को उतारा। जो कुछ तेरे पास (उस) ज्ञान में से आया, यदि उसे छोड़ तूने उन (लोगों) की इच्छा का अनुसरण किया, तो महाप्रभु, की ओर से तेरे लिए सहायक और रक्षक (कोई) नहीं।' (१३ : १५ : ६)

उपर्युक्त क़ुरान से उद्धृत इन वाक्यों में 'क़ुरान' यह नाम, उसकी भाषा और प्रतिपाद्य विषय बतलाया गया है। 'क़ुरान' क्या है? ईश्वर-प्रदत्त एक अरबी ग्रन्थ। उसके प्रदान का प्रयोजन क्या? यही कि सन्मार्ग-भ्रष्ट जनों को भय दिखा और श्रद्धालुओं को उनके पुण्य कार्यों के मंगलमय परिणाम का संदेश दे, सत्पथ पर आरूढ़ किया

जाय। महानुभाव 'मुहम्मद' के समय का 'अरब' कहाँ तक सन्मार्ग-च्युत हो गया था? उस समय का व्यवहार कहाँ तक दुराचारपूर्ण हो गया था? अज्ञान कहाँ तक अपनी पराकाष्ठा को पहुँच चुका था? इत्यादि बातों का परिचय कुछ तो प्रथम विन्दु से मिल चुका है और कुछ का वर्णन आगे भी यथास्थान होगा। उन अज्ञानतमोनिमग्न, सदाचार-संज्ञाहीन क्रूरकर्मा अरब-निवासियों को सच्चे रास्ते पर ले चलने के दो ही उपाय थे। एक तो यह था कि उनको पापों का दुष्परिणाम समझाकर उन्हें अच्छे कामों की ओर प्रेरित किया जाय।

कितनी ही बार अनेक प्रलोभन सत्पुरुषों को भी सन्मार्ग-भ्रष्ट करने में सफल होते हैं। सर्वप्रिय बनने की इच्छा बहुधा अमधुर सत्य प्रकाशित करने की आज्ञा नहीं देती। इसीलिए ऊपर संकेत किया गया है कि लोगों की इच्छा का अनुसरण करने वाला कभी ईश्वर की रक्षा और सहायता का भाजन नहीं हो सकता। सचमुच संसार में समालोचन और संशोधन का काम बहुत कठिन है। नाना छल-पाखण्डयुक्त संसार के दुष्कृत्यों की यदि निर्भीकितापूर्वक समालोचना की जाती है तो एक बार जनसमुद्र अपने निस्सीमाधिकार तथा चिरस्थापित नीति के तरंगों का गत्यवरोध देख, अपनी सम्पूर्ण शक्ति को उसके प्रतिकार में लगाने के लिए प्रस्तुत हो जाता है। बड़ी-बड़ी तरंगों की तो बात ही अलग है, क्षुद्र बुद्बुद-समुदाय भी अभिमत्त हो अपने स्वरूप का विचार न कर उस समय उसके सिर पर पादप्रहार करने का उद्योग भी आरम्भ कर देता है। किन्तु निश्चल-नीति, सत्यमनस्क सुधारक—

"निन्दन्तु नीतिनिपुणा यदि वा स्तुवन्तु।

लक्ष्मी समाविशतु गच्छतु वा यथेष्टम्॥

अद्यैव मरणमस्तु युगान्तरे वा।

न्यायात्पथः प्रविचलन्ति पदं न धीराः॥ १॥"

भर्तृहरि के इस वाक्यानुसार अपना सर्वस्व स्वाहा करने के लिए उस प्रलय-कोलाहलपूर्ण संक्रुद्ध जन-सिन्धु की कुछ भी परवाह न कर, सुमेरुवत् अपने स्थान पर स्थित रहता है। उसका सदुपदेश अरण्य-रोदन-सा प्रतीत होता है अथवा गम्भीर भेरीनाद के सामने क्षीण वीणास्वर। सहायकों और संरक्षकों के बिना अकेला, अपने भीषण विरोधियों का सामुख्य, वह उस निराशापूर्ण अन्धनिशा में करता है, जब उसे

क्षणमात्र के लिए भी आशारूपी तारों की टिमटिमाहट भी नहीं दीख पड़ती। सुधारक 'मुहम्मद' का जीवन भी ऐसी ही घटनाओं से पूर्ण है।

ऊपर के वाक्यों में 'क़ुरान' का अरबी में उतरना भी आया है। 'मक्का' और उसके आसपास के लिए तभी 'क़ुरान' की उपयोगिता है, जब कि वह वहीं की भाषा में हो। दूसरी जगह कहा भी है–

"यदि हम अरबी से भिन्न भाषा में 'क़ुरान' बनाते तो अवश्य लोग कहने लगते– 'उसके तात्पर्य क्यों नहीं स्पष्ट किये गये। क्या! अरब का आदमी और अरब की भाषा से भिन्न भाषा?' यह विश्वासियों के लिए मार्गदर्शक और स्वास्थ्यप्रद है।" (४१ : ५ : १२)

अनुप्रासबद्ध-वर्णन

युद्धप्रिय अरब के लोगों में उस समय कविता के लिए बड़ा प्रेम था। वहाँ कितने ही ऐसे कवि हुए है जिनकी कविताएँ युद्धाग्नि भड़काने में घी का काम देती थीं। इसके लिए इस विषय के विशेष जिज्ञासुओं को श्रद्धेय 'महेशप्रसाद' साध विरचित प्रसिद्ध हिन्दी-ग्रन्थ 'अरबी काव्य' पढ़ना चाहिए। सुन्दर भाषा और स्वास्थ्य-लाभ के लिए 'मक्का' नगर के प्रतिष्ठित घरानों से दो-दो, तीन-तीन वर्ष के बच्चे अस्थिर-वास बद्दू अरबों के डेरों में पलते थे। स्वयं माननीय 'मुहम्मद' का शैशव भी इसी प्रकार व्यतीत हुआ था।

इससे भी उनकी भाषा अत्यन्त परिमार्जित और सुन्दर थी। 'क़ुरान' 'अर्थ' से 'इति' तक 'अनुप्रासबद्ध' लिखा गया है। जैसे–

कुल् हुबल्लाहु अहद्। अल्लाहुस्समद्॥
लम् यलिद् व लम् यूलद्। व लम् यकुन् कुफुवन् अहद्॥

[कह, वह परमेश्वर एक, सर्वाधार है। वह न उत्पन्न करता, न उत्पन्न हुआ है और न कोई उसके समान है।] (११२)

लौह महफ़ूज़ में क़ुरान

'क़ुरान' के विषय में उसके अनुयायियों का विश्वास है और स्वयं 'क़ुरान' में भी लिखा है–"सचमुच पूज्य 'क़ुरान' अदृष्ट पुस्तक में (वर्तमान) है। जब तक शुद्ध न हो, उसे मत छुओ। वह लोक-परलोक के स्वामी के पास उतरा है" (५६ : ३ :

३-५)। अदृष्ट पुस्तक से यहाँ अभिप्राय उस स्वर्गीय लेख-पटिट्का से है जिसे इस्लामी परिभाषा में 'लौह-महफ़ूज़' कहते हैं। सृष्टिकर्त्ता ने आदि से उसमें त्रिकालवृत्ति लिख रक्खा है, जैसा कि स्थानान्तर में कहा है–

"हमने अरबी 'क़ुरान' रचा कि तुमको ज्ञान हो। निस्सन्देह वह उत्तम ज्ञान-भण्डार हमारे पास पुस्तकों की माता (लौह महफ़ूज़) में लिखा है।" (५३ : १ : ३-४)

जगदीश्वर ने 'क़ुरान' में वर्णित ज्ञान को जगत् के हित के लिए अपने प्रेरित मुहम्मद के हृदय में प्रकाशित किया, यही इस सबका भावार्थ है। अपने धर्म की शिक्षा देने वाले ग्रन्थ पर असाधारण श्रद्धा होना मनुष्य का स्वभाव है। यही कारण है कि 'क़ुरान' के माहात्म्य के विषय में अनेक कथाएँ जनसमुदाय में प्रचलित हैं, यद्यपि उन सबका आधार श्रद्धा छोड़ कर 'क़ुरान' में ढूँढ़ना युक्त नहीं है, किन्तु ऐसे वाक्यों का उसमें सर्वथा अभाव है, यह भी नहीं कहा जा सकता। एक स्थल पर कहा है–

"यदि हम इस 'क़ुरान' को किसी पर्वत (वा पर्वत-सदृश कठोर हृदय) पर उतारते, तो अवश्य तू उसे परमेश्वर के भय से दबा और फटा देखता। इन दृष्टान्तों को मनुष्यों के लिए हम वर्णित करते है, जिससे कि वह सोचें।" (५९ : ३ : ४)

क्रमशः उतरना

मुसलमानी विचार के अनुसार भी सम्पूर्ण 'क़ुरान' महानुभाव 'मुहम्मद' को एक ही बार हृदयस्थ नहीं हुआ। 'क़ुरान' में भी आया है–

'जब तक कि उस 'क़ुरान' का उतरना पूरा न हो जाय, उसकी प्राप्ति में शीघ्रता न कर।' (२० : ६ : १०)

सर्वप्रथम 'हिरा' की गुफा 'इक्रा बि इस्मि रब्बिक' (अपने ईश्वर के नाम से पढ़) यह वाक्य महात्मा 'मुहम्मद' के हृदय में प्रकाशित हुआ। यह समय प्रायः विक्रम संवत् ६६७ का होगा। उस समय यह चालीस वर्ष के हो चुके थे। प्रायः प्रति वर्ष एकान्त चिन्तनार्थ उपर्युक्त स्थान पर उनका जाना होता था। इसी ईश्वरीय ज्ञान के हृदयस्थ होने को 'वहीं' का उतरना कहते हैं। 'वहीं' के उतरने के विषय में भी भिन्न-भिन्न विचार है। इसके विषय में सर्वमान्य होने से 'क़ुरान' के ही कुछ अंश यहाँ उद्धृत किए जाते हैं।

"अवश्य यह (क़ुरान) जगदीश ने उतारा है और उसके साथ एक आम्र (देवदूत) उतरा।" (२६ : ११ : २-३)

यह आम दूत और कोई नहीं स्वयं देवेन्द्र जिब्राईल थे, जो हजरत के पास 'वही' लाते थे। 'देवदूतों' या 'फ़रिश्तों' के बारे में अनेक कथाएँ इस्लामी साहित्य में पायी जाती हैं। जैसे वृहदाकार अनेक श्रृंगादि संयुक्त होना इत्यादि, किन्तु 'क़ुरान' में ऐसा वर्णन कहीं नहीं आया है। 'क़ुरान' के उतरने ही के कारण 'रमज़ान' का महीना बहुत पवित्र माना गया है। कहा है–

रमज़ान में उतरता विभाग

"पवित्र 'रमजान' का महीना जिसमें मार्ग-प्रदर्शक, मानव-शिक्षक (सत्यासत्य), विभाजक, स्पष्ट 'क़ुरान' उतारा गया। अतः तुममें से जो कोई 'रमजान' महीने को पावे, उपवास रखे और यदि रोगी यात्रा में हो, तो दूसरे दिनों में।" (२: २३ : ३)

'रमजान' अरबी का नवाँ महीना है। शब्दार्थ 'जिसमें गर्मी की अधिकता हो' अथवा 'गर्मी की अधिकता से युक्त' है, जिस रात्रि में 'वही' प्रथम-प्रथम उतरी, वह 'रमज़ान' के अन्तिम दस दिनों में अन्यतम 'लैलतुल्क़द्र' अथवा महारात्रि के नाम से विख्यात है। (९७ : १ : १)

वह रात्रि और मास दोनों ही–जिनमें पवित्र 'क़ुरान' उतरा–'इस्लाम-धर्म' में बहुत पवित्र माने जाते हैं। 'क़द' के नाम से 'क़ुरान' में एक अध्याय (सूरत) भी है।

क़ुरान-संग्रह

यह पहले कहा जा चुका है कि सम्पूर्ण 'क़ुरान' एक साथ नहीं उतरा। 'हजरत' की अवस्था के चालीसवें वर्ष से लेकर ६३वें वर्ष (मृत्यु के समय) तक–अर्थात् २३ वर्षों में थोड़ा-थोड़ा करके उतरा है। अतः आरम्भ ही में 'क़ुरान' का पुस्तकरूपेण संगठित होना सम्भव नहीं। वाक्य और अध्याय भी अपने उतरने के समय के क्रम से वर्तमान पुस्तक 'क़ुरान' में स्थापित नहीं किये गये हैं। 'क़ुरान' के कितने ही वाक्य 'मक्का' में और कितने ही 'मदीना' में उतरे है, जिससे 'क़ुरान' के ११४ अध्याय 'मक्की'–'मदनी' दो भेदों में विभक्त हैं। 'क़ुरान' के देखने से मालूम होता है कि उसमें इस भेद पर भी ध्यान नहीं दिया गया है। हाँ, पहले अध्यायों की अपेक्षा पिछले अध्याय प्रायः छोटे हैं। प्रथम अध्याय 'फ़ातिहा' के अनुसार दूसरा अध्याय 'अल्बक़ा' या बक़ा (बक़, बक़रत) है जो 'मदीना' में उतरा। उसके बाद का 'आल

इम्रान' भी 'मदनी' है। अस्तु, यह निश्चित है कि महात्मा के जीवन में 'कुरान' वर्तमान पुस्तक-क्रम में सम्पादित नहीं हुआ था। 'कुरान' में आया 'किताब' शब्द भी उसके वर्तमान पुस्तक की ओर संकेत नहीं करता, बल्कि उसके उस रूप की ओर संकेत करता है जो कि स्वर्गीय पुस्तक 'लौह महफ़ूज़' में सुरक्षित है। महात्मा के जीवन-काल से ही उसके एक-एक वाक्य को बड़ी सावधानी से रेशम, चर्म और अस्थियों पर लिखकर रक्खा जाता था। कितने ही भक्तजन उन्हें कण्ठस्थ भी कर लिया करते थे। इस प्रकार 'कुरान' के सम्पूर्ण अंश भली प्रकार सुरक्षित रक्खे गये थे। पीछे जब पाठों और वाक्यों में भेद होने लगा, तो चतुर्थ 'खलीफ़ा' 'उस्मान' को एक पुस्तक के रूप में सबको संग्रह करने की आवश्यकता पड़ी। इस संग्रह की प्रामाणिकता के विषय में बहुत मतभेद है। उस समय 'खलीफ़ा' या उत्तराधिकारी होने के लिए महात्मा के अनुयायियों में विवाद उठ खड़ा हुआ जो बढ़ते-बढ़ते गृहयुद्ध की अग्नि को प्रज्ज्वलित करने में समर्थ हुआ और महात्मा की प्रिय पुत्री 'फ़ातिमा' तथा जामाता वीरवर 'अली' के पुत्र, 'हसन' और 'हुसेन' जिसकी आहुति हुए। यह विवाद देह-सम्बन्धियों और धर्म-सम्बन्धियों में उत्तराधिकारी (खलीफ़ा) होने के विषय में था। देह-सम्बन्धियों के उत्तराधिकार को युक्त मानने वाले ही 'शिआ' लोग हैं और दूसरे (बहुसंख्यक) 'सुन्नी' के नाम से पुकारे जाते हैं। महात्मा के कोई जीवित पुत्र न था। पुत्रियों में श्रीमती 'फ़ातिमा' के यही दो पुत्र 'हसन' और 'हुसेन' थे। वे कुछ मुसलमानों की स्वार्थसिद्धि में बाधक जान पड़ते थे और उन्होंने उन्हें बारी-बारी से तलवार के घाट उतार छुट्टी पायी। वर्तमान पुस्तक के रूप में 'कुरान' का संग्रह 'खलीफ़ा' 'उस्मान' ने कराया था। यही 'सुन्नीयों' के मुखिया थे। 'शिया' लोगों का कहना है कि इस पुस्तक में 'कुरान' के कितने ही वाक्य और कितने ही अध्याय भी छोड़ दिये गये हैं। उदाहरणार्थ वह 'सिज्दा' अध्याय के कितने ही वाक्य उपस्थित करते हैं। प्राचीन भाष्यकारों ने भी उनमें से कितने ही को जहाँ-तहाँ उद्धृत किया है। पटना की 'खुदाबक्स लाइब्रेरी' में हस्तलिखित कुरान की एक प्राचीन प्रति है, जिसके अन्त में भी ऐसे अनेक वाक्यों का संग्रह है। वर्तमान 'कुरान' ३० 'सिपारों' या खण्डों में विभक्त है, कितनों ही का कहना है कि पहले इनकी संख्या चालीस थी। अस्तु–

वाक्य-परिवर्तन

अध्याय 'अल्बक्क' में आया है–

"जिन आयतों (वाक्यों) को हम स्थानान्तरित या परिवर्तित करते हैं, उसके समान या उससे अच्छी लाते हैं। क्या तू नहीं जानता कि परमेश्वर सब चीजों पर शक्तिमान् है।" (२ : १३ : ३)

"जब हम 'आयत' के स्थान पर दूसरी आयत बदलते हैं और परमेश्वर जो कुछ बदलता है, उसे भली प्रकार जानता है।" (१६ : १४ : १)

'कुरान' के कितने ही वाक्य जो पहले माननीय ठहराये गये थे, पीछे उन्हें छोड़ कर दूसरी आज्ञाएँ आयीं। इसी बात का उपर्युक्त वाक्यों में वर्णन है। इसका तात्पर्य ईश्वर की आज्ञा के देश-काल के अनुसार होने से है। समयान्तर में 'मूसा', 'ईसा' को दिये गये ईश्वरीय ज्ञान के भी कुछ अंश अनुपयुक्त हो गये, जिस पर उनके पीछे दूसरे ईश्वरदूतों को ईश्वर का संदेश लाने की आवश्यकता पड़ी। उसी प्रकार महात्मा 'मुहम्मद' के पास भेजे गये कितने ही अंश पीछे उपयोगी न रहे, इसलिए ईश्वर ने उन्हें बदल दिया।

मनुष्य की पहले एक जाति थी

'उस (ईश्वर) ने आदम को सम्पूर्ण ज्ञान सिखाया।' (२ : ४: २)

'सब जातियों के लिए ईश्वर-प्रेरित (भेजे गये)।' (१० : ५ : ६)

'कानन्नासु उम्मतिन् वाहिदतिन्' (सारे मनुष्य एक जाति थे)। इनमें एक तत्व पर प्रकाश डाला गया है कि पहले मनुष्य की एक ही जाति थी और उनकी शिक्षा के लिए सबके पितामह 'आदम' (आदिम-पूर्वज) को ईश्वर ने ज्ञानोपदेश दिया। पीछे जब मनुष्य अनेक जातियों में विभक्त हो गये, तो उनके उपदेश के लिए ईश्वर ने प्रत्येक जाति में एक-एक ईश्वरीय शिक्षक नियुक्त किये। यह भी इसलिए कि उन्होंने उस प्राचीन ज्ञान को भुला या अदल-बदल दिया था।

'कुरान' प्राचीन शास्त्रों का समर्थक

'हे मुहम्मद, तुझ पर सत्य-संयुक्त ग्रन्थ उतारा जो पूर्वतनों का समर्थक है।' (३ : १: ३)

'कह, जो कुछ हम पर इब्राहीम, इस्माईल, इस्हाक़, याकूब, जाति (इस्राइल-सन्तति), मूसा, ईसा और दूसरे ऋषियों पर परमेश्वर की ओर से उतरा। हम

उनमें से किसी को अलग नहीं करते। हम सब पर और परमेश्वर पर विश्वास रखते हैं। (३ : ९ : ४) अथवा कुछ भेद से (२ : १६ : ७)

ये वाक्य प्रत्येक मुसलमान को इस बात की शिक्षा देते हैं कि वह भूमंडल के सारे ऋषियों की शिक्षा पर विश्वास और आदर-बुद्धि रक्खे। प्रायः सारे ही महापुरुषों और धर्माचार्यों को यह कहते हुए सुना जाता है कि वह किसी नूतन सिद्धान्त का प्रचार नहीं कर रहे हैं, बल्कि वह उसी सनातन तत्व का प्रचार कर रहे हैं जो कालान्तर में विस्मृत हो गया था।

यहाँ 'क़ुरान' की वर्णन-शैली के विषय में कुछ लिखना अप्रासंगिक न होगा। गद्य होने पर भी उसकी रचना बड़ी चित्ताकर्षक है, यह पहले लिख आये हैं। प्राचीन महात्माओं और राजाओं के उपदेशप्रद इतिहास 'क़ुरान' का एक विशेष भाग ग्रहण करते हैं। इसके अतिरिक्त छोटे-छोटे दृष्टान्तों और सुन्दर कहावतों का भी प्रयोग जहाँ-तहाँ किया गया है। 'हम तुझसे बहुत अच्छी कथा बयान करते हैं। तू (मुहम्मद) अज्ञानियों में से था, इसलिये तेरे पास यह 'क़ुरान' भेजा।' (१२ : १ : ३)

कहीं-कहीं नास्तिकों (काफ़िरों) और दूसरों के आक्षेपों का उत्तर भी दिया गया है–(काफिर कहते हैं कि) यदि वह (मुसलमान) हमारी बात मानते तो न मारे जाते। कह, यदि तुम सच्चे हो तो मौत को अपने ऊपर से हटा देना। (३ : १७ : १३)

इस्लाम-विरोधियों के विद्वेष के विषय में कहा है–

ईश्वर-सत्ता-वर्णन

"चाहते हैं कि ईश्वर की ज्योति को मुँह से (फूंककर) बुझा दें, किन्तु प्रभु प्रकाश को पूर्ण किये बिना नहीं रह सकता, चाहे नास्तिक (काफ़िर) बुरा मानें।" (९ : ५ : ३)

ईश्वर के अचिन्त्य निर्माण-कौशल को इन शब्दों में वर्णन किया गया है–

"उनके लिए तू एक सांसारिक दृष्टान्त वर्णन कर। हमने आकाश से जल उतारा, फिर उससे भूमि पर वनस्पति उगी। पुनः वह कणशः हो गई (और) उसे वायु उड़ाता (फिरता) है। परमेश्वर सब चीजों पर शक्तिमान् है।" (१८ : ६ : १)

ईश्वर की सत्ता के बारे में आया है–

"परमेश्वर आकाश और पृथ्वी का प्रकाश है। उसका प्रकाश है मानो ताक में दीपक और दीपक काँच में। काँच तारा के समान है। उसमें अपौर्वत्य अपाश्चात्य

'जैतून' वृक्ष का तेल पड़ा है। यद्यपि उसे आग ने छुआ नहीं है, किन्तु समीप है कि उसका तेल प्रज्ज्वलित हो जाय। प्रकाश के ऊपर प्रकाश! परमेश्वर अपने प्रकाश से चाहे जिसको शिक्षा दे। ईश्वर मनुष्यों के लिए दृष्टान्त वर्णन करता है। वह सब वस्तुओं का ज्ञाता है।" (२८ : ५: १)

कहावतें

विस्तार-भय से अधिक न लिखकर यहाँ दो-चार कहावतें उद्धृत की जाती हैं-

'कच्चना हत्या से बढ़कर है।' (२: २७ : १)

'सारे प्राणी मृत्यु के आस्वाद (या ग्रास) हैं।'

'संसार का जीवन व्यर्थ अभिमान के अतिरिक्त कुछ नहीं।' (३: १९ : ४)

'मनुष्य निर्बल उत्पन्न किया गया है।' (४ : ५ : ३)

'ला अलर्रसूलि इल्लल् बलाग [पहुँचा देने के सिवा दूत पर (और कुछ कर्त्तव्य) नहीं।']

"मनुष्य सचमुच हृदय का कच्चा बनाया गया है।" (७० : १ : १९)

'क़ुरान' की मनोहर रचना, सुन्दर शब्द-व्यवहार के कारण एक कहावत प्रसिद्ध है जिसे स्वयं 'क़ुरान' ने इस प्रकार वर्णन किया है–

'क्या कहते हैं? बना लाया। कह, उसके सदृश कोई सूरत (अध्याय तुम भी बना) लाओ। (इसके लिए) परमेश्वर के सिवाय जिसको (सहायतार्थ) बुला सको, बुलाओ, यदि तुम सच्चे हो।' (१० : ४ : ८)

महात्मा मुहम्मद के यह कहने पर, कि मैं जो कुछ 'क़ुरान' के वाक्य सुनाता हूँ, सब भगवान् ने मेरे पास भेजे हैं। लोग कहते थे कि यह झूठा है। 'मुहम्मद' स्वयं इन बातों को बना लेता है और पीछे ईश्वर को उनका बनाने वाला कहता है। इसी बात की ओर यहाँ संकेत किया गया है। यह वाक्य 'क़ुरान' में अनेक बार आया है। इसी विषय पर और भी कहा है।

पुराने वाक्यों की प्रामाणिकता

'यदि मनुष्य और जिन्न एकत्र हों, एक-दूसरे के सहायक होकर भी इस 'क़ुरान' ऐसा (ग्रन्थ) बनाना चाहें, तो (भी) नहीं (बना) ला सकते।' (१७ : १० : ४)

यह भी एक से अधिक बार आया है–

उपर्युक्त वाक्यों से पाठकों को आगे बड़ी सहायता मिलेगी। 'क़ुरान' के सारे मध्यम पुरुष के एकवचन में प्रयुक्त होने वाले वाक्य अधिकतर स्वयं महात्मा 'मुहम्मद' और बहुवचन में मुसलमानों या नास्तिकों को सम्बोधित करके कहे गये हैं। एक बात और स्मरण रखनी चाहिए कि 'क़ुरान' की पठन-पाठन-प्रणाली अविच्छिन्न रूप से आज तक चली आयी है। समय के परिवर्तन, राज्य-क्रान्ति और विजेताओं की धर्मान्धता जिस प्रकार हिन्दुओं और यहूदियों के धार्मिक साहित्य के अधिकांश को विनाश करने में सफल हुई, वैसा मुसलमानों के साहित्य के साथ नहीं हुआ। इसीलिए 'क़ुरान' के यथार्थ अर्थ को समझाने के लिए परम्परागत भाष्य, कथानक और शब्द-रहस्य की अनिवार्य आवश्यकता है। 'क़ुरान' का प्रत्येक वाक्य किसी-न-किसी विशेष देश, काल और व्यक्ति से संबन्ध रखता है, जैसा कि आगे देखने से ज्ञात होगा। उस सम्बन्ध को जानने के लिए यही परम्परा एक मात्र साधन है। इसलिए परम्परा को छोड़कर मनगढन्त अर्थ करने वाली अनेक कल की टीकाएँ माननीय नहीं कही जा सकतीं।

तृतीय बिन्दु

क़ुरान और उसके सम-सामयिक

'मक्का' निवासियों में अपने धर्म की शिक्षा का प्रचार करते समय 'काबा' के पुजारी 'क़ुरैश' महात्मा 'मुहम्मद' को भाँति-भाँति के कष्ट देने लगे। जब चचा के मरने पर उनकी शत्रुता बहुत बढ़ गई और अन्त में वह लोग प्राण लेने पर उतारू हो गये, तो महात्मा ने भाग कर 'मदीना' को अपना निवास-स्थान बनाया। इसी प्रवास की तिथि से मुसलमानों का 'हिज़्री' सम्वत् प्रारम्भ होता है। 'क़ुरान' में इन्हीं मूर्ति-पूजकों को 'काफ़िर' या नास्तिक के नाम से पुकारा गया है। उस समय 'मदीना' में यहूदी लोग भी पर्याप्त संख्या में निवास करते थे और व्यवहार में चतुर होने से वह बड़े प्रभावशाली तथा धनाढ्य हो गये थे। कहीं-कहीं ईसाई लोगों की भी बस्ती थी। इस प्रकार महात्मा को इन धर्मानुयायियों के संसर्ग का भी वहाँ विशेष अवसर मिला। इन धर्मानुयायियों का वर्णन 'क़ुरान' में भी आता है। इनके अतिरिक्त उन्हें कुछ ऐसे लोगों की संगति भी पहले ही से प्राप्त थी जो मूर्ति-पूजकों के घर उत्पन्न होकर भी मूर्तिपूजा में श्रद्धा रखने वाले न थे और न यह 'यहूदी' या 'खीष्ट धर्म' ही के अनुयायी थे। इन लोगों में 'साअदा'-पुत्र 'कैस', 'हजश'-पुत्र 'अब्दुल्लाह', 'हवारिस'-पुत्र 'उस्मान' और 'अमरू'-पुत्र 'जैद' प्रसिद्ध हैं। यह लोग यद्यपि 'क़ुरान' की शिक्षा को अच्छा मानते, परन्तु स्वयं 'इस्लाम धर्म' के अनुयायी न हुए। महात्मा 'मुहम्मद' के साले श्री 'खदिजा' के भाई 'नौफ़ल'-पुत्र 'बर्क' की भी 'इस्लाम' के प्रति सहानुभूति थी।

यहूदी

यहूदी धर्म के महात्मा, 'इब्राहीम इस्हाक़', 'दाऊद', 'सुलेमान' के भी माननीय महात्मा और 'रसूल' हैं। अपने वंश के प्रति बड़े अभिमानी यहूदी लोग महात्मा के 'मदीना' (यस्रिब) आने पर पहले कुछ समय तक तो मुसलमानों के विरोधी न थे, परन्तु जब उन्होंने देखा कि हमारी प्रधानता अब घट रही है और मुहम्मद का प्रभाव अधिक बढ़ता जा रहा है, तो वह भी द्रोही हो गये। 'इस्लाम' की शिक्षा का बहुत-सा भाग 'यहूदी' और 'ईसाई' धर्मों से लिया गया है। दोनों धर्मों के प्रति आरम्भ ही से महात्मा की बड़ी श्रद्धा थी। यहाँ तक कि 'नमाज' भी पहले मुसलमान लोग उन्हीं पवित्र स्थान 'योरुशिलम्' की ओर मुँह करके पढ़ते आ रहे थे। जब 'यहूदियों' ने शत्रुता करनी शुरू की तो महात्मा 'मुहम्मद' ने अपने अनुयायियो को 'योरुशिलम्' से मुँह हटाकर 'काबा' को अपना 'किब्ला' (सम्मुख का स्थान) बनाने की आज्ञा दी। 'यहूदियों' के व्यवहार के विषय में कहा गया है–

'यहूदियों' में कुछ लोग ईश्वर-वाक्य (क़ुरान) को सुनते हैं। फिर जो कुछ उन्होंने जाना था, उसे बदल देते हैं और इसे वह जानते हैं।' (२: ९ : ४)

'यहूदी वाक्य को उसके स्थान से बदल देते हैं।' (४ : ७ : ४)

महात्मा और उनके अनुयायियों का विश्वास था कि यहूदी लोगों के ग्रन्थों में 'मुहम्मद' के 'रसूल' (प्रेरित) होकर आने की भविष्यवाणी है, किन्तु वह लोग इसे बदलकर दूसरा ही कह देते हैं जिसमें कि कहीं इस्लाम को इससे दृढ़ होने में सहायता न मिल जाय। ऊपर उद्धृत दूसरे वाक्य में इसी बात की ओर संकेत है। इसके अतिरिक्त अन्य आक्षेप भी 'यहूदियों' पर पाये जाते हैं, जैसे- 'कुछ धन मिलने के लिये अपने हाथ से पुस्तक लिखकर यह कहने वालों को धिक्कार है कि यह ईश्वर की ओर से है।' (२ : ९ : ८)

'कोई-कोई 'यहूदी' चाहते हैं कि तुम्हें (मुसलमानों को) पथ-भ्रष्ट कर दें, किन्तु तुम्हें मालूम नहीं कि वे अपने सिवाय दूसरे को (ऐसा) नहीं कह सकते। हे ग्रन्थ वालो! तुम लोग साक्षी हो, फिर क्यों नहीं ईश्वर के वचनों (क़ुरान) पर विश्वास करते? हे ग्रन्थ वालो! जानते हुए भी तुम क्यों सत्य को असत्य से ढाँककर छिपाना चाहते हो?' (३ : ७ : ६-८)

'क़ुरान' और 'यहूदियों' के धर्म में बहुत समानता और मूर्ति-पूजकों के सिद्धान्त से घोर विरोध है, तो भी द्वेष के मारे 'यहूदी' लोग मुसलमानों से मूर्तिपूजकों को भी अच्छा बतलाते थे, यथा—

'विश्वासियों (मुसलमानों) से यह (नास्तिक) ही अधिक सुमार्ग पर आरूढ़ है। इस प्रकार नास्तिकों (काफिरों) को कहने वाले 'मूर्ति और शैतान' के विश्वासी ग्रन्थ के कुछ अंश पाने वालों को तू (मुहम्मद) नहीं देखता?' (४ : ८ : १)

महात्मा तो 'यहूदियों' को आस्तिक समझ केवल मुसलमानों के लिए ही प्रयुक्त होने वाले 'अस्सलामु अलैकुम्' (तुम्हारा मंगल हो) वाक्य को कहकर प्रणाम करते थे, किन्तु डाह के मारे 'यहूदी' उसके उत्तर में 'अस्सामु अलैकुम्' व 'अलैकुम-स्सामु' (और तुम पर मृत्यु हो) कहा करते थे।

'यहूदियों' के धर्मग्रन्थों को 'क़ुरान' ने भी ईश्वरीय माना था। इस विश्वास से लाभ उठाकर वह मुसलमानों को धोखा देते थे।

"जिसमें तुम समझो कि यह ईश्वरीय पुस्तक है, इसलिये उनमें से कितने जीभ लौटाकर पढ़ते हैं और कहते हैं कि यह ईश्वर की ओर से है, किन्तु न वह ईश्वर की ओर से है, न उस ग्रन्थ में से। जान-बूझ कर ईश्वर पर वह मिथ्यारोपण करते हैं।" (३ : ८ : ७)

जब 'यहूदियों' से कहा जाता है कि जिस प्रकार तुम लोग 'इब्राहीम', 'मूसा' आदि महात्माओं को ईश्वर-प्रेरित समझते हो, उसी प्रकार महात्मा 'मुहम्मद को भी क्यों नहीं समझते? तब वे लोग कहते थे—

"ईश्वर ने हमसे प्रतिज्ञा की है कि जब तक कोई ऐसी बलि के साथ न आये, जिसे अग्नि (स्वयं) खाये, तब तक किसी पर तुम लोग विश्वास न करना कि यह ईश्वर-प्रेरित है।"

जिसके उत्तर में फिर वहीं कहा गया है—

'कह, मुझसे पहले कितने प्रेरित चिन्हों के साथ तुम लोगों में आये। यदि तुम सत्यवादी हो, तो (तुमने) क्यों उन्हें मारा?' (३ : १५ : ३)

शत्रुता हो जाने पर यहूदियों के चर महात्मा के पास आ-आ कर उनकी शिक्षा और अन्य वृत्तान्तों का पता लगा अपने सरदारों को खबर देते थे। वहाँ से यह खबर 'मक्का' वाले शत्रुओं को दे दी जाया करती थी। इन्हीं चर के विषय में यह वाक्य है—

'पास में आये भक्ष्य अभोजी, उन झूठे दूतों को आज्ञा दें (कि न आवें) अथवा उपेक्षित कर दें। यदि उपेक्षा करें तो तेरी हानि नहीं कर सकते।' (५ : ६ : ८)

लड़कपन में एक बार 'ईसाई संन्यासी' 'बहेरा' से महात्मा मुहम्मद की मुलाकात का जिक्र पहले आ चुका है। यौवनावस्था में भी उन्हें एक बार उस महापुरुष के सत्सग से लाभ उठाने का अवसर फिर प्राप्त हुआ। ऐसे ही तेजस्वी, सदाचारी महात्माओं के परिचय ने उनके हृदय से 'ईसाई-धर्म' और उनके अनुयायियों के प्रति श्रद्धा उत्पन्न कर दी। 'कुरान' में कहा है–

'यहूदियों' और 'काफ़िरों' (नास्तिकों) में तू बहुत से क्रूर और डाहवाले आदमियों को पायेगा, किन्तु जो अपने को 'ईसाई' कहते हैं, उनमें से बहुतों को तू सौहार्द और समीपता से युक्त पायेगा, क्योंकि उनमें निरभिमानी विद्वान् संन्यासी हैं।' (६ : २ : ५)

'ईसाइयों' से यों भी कोई आर्थिक चढ़ा-उतरी न थी जिससे कि उनका मुसलमानों के साथ विरोध होता। यद्यपि 'ईसाइयों' की प्रशंसा इस प्रकार लिखी गई है; किन्तु इसका अर्थ यह नहीं कि उनके सिद्धांतों का खण्डन 'कुरान' में नहीं किया गया है। 'ईसाई' धर्म में ईश्वर तीन रूप में विद्यमान माना जाता है (१) पिता–जो स्वर्ग में रहता है, (२) पुत्र–प्रभु 'ईशु' खीष्ट जिन्होंने संसार के हितार्थ कुमारी 'मरियम' के गर्भ से संसार में अवतार लिया और अज्ञानियों तथा अन्यायियों ने उन्हें 'सूली' पर चढ़ा दिया, (३) पवित्रात्मा-जो भक्तजनों के हृदय में प्रवेश कर उनके मुख या शरीर द्वारा त्रिकाल का ज्ञान या अन्य धार्मिक रहस्यों को खोलता है। इस विषय में 'कुरान' का कहना है–

"ईश्वर तीनों में से एक है, ऐसा कहने वाले जरूर नास्तिक हैं। भगवान् एक है। उस एक के अतिरिक्त और नहीं।" (६ : १० : ७)

"मरियम-पुत्र 'यीशु' पहले प्रेरितों की भाँति एक प्रेरित था, दूसरा नहीं, और उसकी माता एक सती स्त्री थी। दोनों आहार भक्षण करते थे। देखो युक्तियों को कैसे मैं (ईश्वर) वर्णन करता हूँ, किन्तु वह (ईसाई) विमुख हैं।" (६ : १० : ८)

वंचक (मुनाफ़िक)

'मदीना' आने पर जिन मूर्तिपूजकों ने 'इस्लाम-धर्म' स्वीकार किया, उन्हें 'अंसार' कहा जाता है, इनमें बहुत से वंचक मुसलमान भी थे जिन्हें 'मुनाफ़िक' का नाम दिया गया है। इन्ही के विषय में कहा गया है–

'हम 'निर्णय-दिन' (क़यामत) और भगवान् पर विश्वास रखते हैं- ऐसा कहते हुए भी वह विश्वासी (मुसलमान) नहीं हैं। परमेश्वर और मुसलमानों को ठगते हुए वह अपने ही को ठगते हैं।' (२ : २ : १,२)

'विश्वासियों (मुसलमानों) के पास जब गये, तो कहा हम विश्वास रखते हैं। राक्षसों (नास्तिकों) के पास निकल जाते हैं, तो कहते हैं- (मुसलमानों से) हँसी करते हैं, अन्यथा हम तो तुम्हारे साथ हैं।' (२ : २ : ७)

"वह दोनों के बीच लटकते हैं, न इधर के हैं, न उधर के।" (३ : २१ : २)

इसीलिए मरने पर–

"निस्सहाय होकर (वह) नरक की अग्नि के सबसे निचले तल में रहेंगे।" (३ : २१ : ४)

काफ़िर (नास्तिक)

यह पहले कहा जा चुका है कि उस समय 'अरब' में 'मूर्तिपूजा' का बहुत अधिक प्रचार था। 'कुरान' में सबसे अधिक जोर से इसी का खण्डन किया गया है। महात्मा 'मुहम्मद' ने जब यह सुना कि 'काबा' मन्दिर के निर्माता हमारे पूर्वज महात्मा 'इब्राहीम' थे, जो मूर्तिपूजक नहीं थे, तो उन्हें इस अपने काम में और बल-सा प्राप्त हुआ मालूम होने लगा। उनकी यह इच्छा अत्यन्त बलवती हो गई कि कब 'काबा' फिर मूर्तिरहित होगा। उन्होंने सच्चे देवता की पूजा का प्रचार और झूठे देवता की पूजा का खण्डन अपने जीवन का मुख्य लक्ष्य रखकर बराबर अपने काम को जारी रखा। 'अरब' की 'काशी' 'मक्का' में 'कुरैशी' पण्डों का बड़ा जोर था। यह लोग अपने अनुयायियों को कहते थे–

'वद्द', 'सूबाअ','यग़ूस', 'नस्र' अपने इष्टों को कभी न छोड़ना चाहिये। (७१ : १ : २३)

'कुरान' के उपदेश को वह लोग कहते थे–

"यह इस मुहम्मद की मन-गढ़न्त है।" (११ : ३ : ११)

'इसको कोई विदेशी सिखाता है। हम अच्छी तरह जानते हैं, उस सिखाने वाले की भाषा अरबी से भिन्न है और यह अरबी।' (१६ : १४ : ३)

वह लोग विश्वास के 'रसूल' होने के बारे में कहते थे–

"हम लोग विश्वास नहीं करते, जब तक वह भूमि से (जल का) सोता न निकाल दे या खजूर, अंगूर आदि का (ऐसा) बगीचा न उत्पन्न कर दे जिसमें कि नहर बहती हो अथवा अपने कहे अनुसार आकाश को टुकड़े-टुकड़े करके हमारे ऊपर न गिरा दे, या परमेश्वर या देवदूतों को प्रतिभू (जामिन) के तौर पर न लावे, या अच्छा महल (इसके लिए) हो जाय अथवा आकाश पर चढ़ जाय, किन्तु उसके चढ़ने पर भी हम विश्वास नहीं करेंगे, जब तक हम लोगों के पढ़ने लायक कोई लेख न लाये।" (१७ : १० : ७,१०)

काफ़िरों की उक्तियाँ

'क़ुरान' में पुराने 'रसूलों' के लिए अनेक चमत्कार लिखे हैं, जैसे महात्मा 'मूसा' ने पत्थर से बारह जल-स्रोत बहा दिये, अपने साथियों को स्वर्गीय भोजन, 'मन्न' और 'सलवा' दिया करते थे।' 'इब्राहीम' के पास तो खुदा बराबर ही आया करते थे। महात्मा 'ईसा' आकाश पर चढ़ गये, इत्यादि इन बातों को ही वह लोग भी कहते थे कि यदि तुम प्रभु-प्रेरित हो तो क्यों उसी प्रकार के चमत्कार नहीं दिखाते? और भी अनेक प्रकार से वह लोग हँसी उड़ाते थे। नीचे कुछ और उद्धरण उनके व्यवहारों का दिया जाता है–

"भोजन करता है, बाजार में घूमता है, यह कैसा 'रसूल' (प्रभु-प्रेरित) है? क्यों नहीं इसके पास देवदूत आता, जो इसके साथ (हमें) डराता? क्यों नहीं इसके पास कोष (खजाना) और 'बाग़' हुआ, जिसका यह उपभोग करता?" (२५ : १ : ७ : ८)

"क्या हम किसी पागल, दरिद्र, तुकबन्द (कवि) की बात में पड़कर अपने इष्टों को फेंक दें?" (३७ : २ : ३)

उस समय पश्चिमी अरब 'हिजाज' में दो बड़े-बड़े सरदार थे। एक 'मक्का' के 'कुरैश' वंश का सरदार, दूसरा 'तायफ़' का सामन्त। महात्मा 'मुहम्मद' 'कुरैश वंश' के 'हाशिम-परिवार' के थे। यह लोग उतने धनी-मानी न थे। 'कुरैश मूर्तिपूजक' कहते थे–

भगवत्-सान्त्वना

"दोनों बस्तियों (मक्का, तायफ़) के सामन्तों में से एक के ऊपर क्यों नहीं (कुरान) उतरा?" (४३ : ३ : ६)

'क़ुरान' में वर्णित अनेक प्राचीन महात्माओं की कथाओं को सुनकर वह कहते थे–

"हम लोग भी ऐसा वर्णन कर सकते हैं। कुछ भी नहीं, यह तो पूर्वजों की कहानी है।" (८ : ४ : ३)

"यह तो पूर्वजों (पहलों) की कहानी है" यह बात बार-बार 'क़ुरान' में 'क़ुरैशों' के आक्षेप-रूप से आयी है। इनके परिहास और निष्ठुर व्यवहार से महात्मा निराश न होते थे, उनके हृदय में आकाशवाणी होती थी-

"तुमसे पहले भी (लोगों ने) बहुत से प्रेरितों की हँसी उड़ायी और फिर वह उन्हीं के ऊपर लौटकर पड़ी।" (२१ : ३ : १२)

महात्मा की दृढ़ता

ऊपर के कथन से यह अच्छी प्रकार मालूम हो गया होगा कि 'इस्लाम' को बालपन ही से सबका विरोध सहना पड़ा। उसने निर्भीकितापूर्वक जब दूसरों के मिथ्याविश्वासों का खण्डन किया, तो सभी ने भरसक 'इस्लाम' को उखाड़ फेंकने का प्रयत्न किया। सचमुच जिस प्रकार का विरोध था, यदि उसी प्रकार की दृढ़ता मुसलमानों और उनके धर्मगुरु ने न दिखाई होती तो कौन कह सकता है कि इस्लाम इस प्रकार संसार के इतिहास को पलट देने में समर्थ होता।

चतुर्थ बिन्दु

महात्मा मुहम्मद और उनके सम्बन्धी

'क़ुरान' में अनेक वाक्य महात्मा मुहम्मद के परिवार, इस्लाम धर्म में उनकी स्थिति आदि के सम्बन्ध में भी कहे गये हैं। अपने धर्म-प्रवर्तकों को ईश्वर या उसका अवतार बना डालना धर्मानुयायियों का स्वभाव है इसीलिये 'क़ुरान' में ''(मुहम्मद) प्रेरित के अतिरिक्त कुछ नहीं''

(३ : १५ : १) वाक्य बार-बार दुहराया गया है।

महात्मा 'मुहम्मद' के प्रभु-प्रेरित होने के विषय में निम्नलिखित 'क़ुरान' के उद्गार है–

''जिसके पास 'तौरात' और 'इंजील' में से उद्धरण हैं, जिसका उपदेश पुण्य कर्म के लिए है और निषेध पाप कर्म के लिये,जो पवित्र (वस्तु) को भक्ष्य (हलाल) और अपवित्र को अभक्ष्य (हराम) करता है, जो उन (धर्मानुयायियों) से उनके ऊपर भार और फन्दे को अलग करता है। उस निरक्षर प्रेरित ऋषि के जो अनुयायी, विश्वासी तथा सहायक हैं और उसके साथ उतरे प्रकाश (क़ुरान) का अनुसरण करते हैं वही पुण्य के भागी हैं।'' (७ : १९ : ६)

महात्मा का सम्मान

''मैं 'मुहम्मद' तुम्हारे सबके पास उस प्रभु का भेजा हुआ (प्रेरित) हूँ जिसका शासन पृथ्वी और आकाश दोनों में है।'' (७ : २० : १)

"कह, मैं नया प्रेरित नहीं हूँ... जो कुछ प्रभु मेरे पास भेजता है, मैं उसी का अनुसरण करता हूँ। मंगल और अमंगल का सुनने वाला छोड़ मैं कुछ नहीं हूँ।" (४६ : १ : ९)

'इस्लाम' में यद्यपि महात्मा 'मुहम्मद' ईश्वर के अवतार नहीं माने गये किन्तु इसका यह अर्थ नहीं है कि उनकी प्रतिष्ठा और सम्मान कम है। कहा है–

"तेरे (मुहम्मद के) साथ हाथ मिलाने वाले भगवान् के साथ हाथ मिलाते हैं। (मुहम्मद का हाथ नहीं) परमेश्वर का हाथ उनके हाथों में है।" (४८ : १ : १०)

इन्जील में उनके लिए भविष्यवाणी

"हे विश्वासियो (मुसलमानो!) प्रेरित (मुहम्मद) के स्वर से तुम ऊँचा न चिल्लाओ और उसके साथ उस प्रकार से बातचीत न करो, जैसे तुम आपस में एक-दूसरे से बोलते हो।" (४९ : १ : २)

"परमेश्वर और देवदूत, प्रेरित के पास आशीर्वाद भेजते हैं। हे विश्वासियो! (तुम भी) उसके लिए आशीर्वाद और शान्ति की कामना करो।" (३३ : ७ : ४)

मुसलमानों का यह भी विश्वास है कि यहूदियों की भाँति ईसाईयों के भी धर्म-ग्रन्थ में महात्मा 'मुहम्मद' के प्रेरित होकर आने की भविष्यवाणी है; किन्तु दुराग्रहवश वह इसे स्वीकार नहीं करते। 'क़ुरान' में यह भाव निम्न प्रकार से प्रदर्शित किया गया है–

जब 'मरियम' के पुत्र 'ईसा' ने कहा–हे 'इस्राइल' की सन्तानो! (यहूदियो!) मैं प्रभु-प्रेरित होकर तुम्हारे पास आया हूँ। पहली (पुस्तकों) 'तारात' आदि को प्रमाणित मानता हूँ और एक प्रेरित का शुभ समाचार देता हूँ कि जो मेरे बाद आयेगा, उसका नाम 'मुहम्मद' है। फिर जब वह (मुहम्मद) उनके पास प्रमाणों के साथ आया, (तो) कहते हैं- "यह साफ जादू (धोखा) है।" (६१ : १ : ६)

महात्मा मुहम्मद की प्रधानता

महात्मा 'मुहम्मद' के पास ईश्वरीय सन्देश के आने का कोई समय निश्चित न था। वह सोते-बैठते किसी समय पर भी आ जाता था। एक समय जब महात्मा रजाई ओढ़े सोये थे, उसी समय यह सन्देश आया–

"हे लिहाफ (ओढ़ना) में लिपटे, उठ और भय सुना।" (७४ : १ : १,२)

निम्नलिखित वाक्य भी 'इस्लाम' में महात्मा 'मुहम्मद' की प्रधानता प्रदर्शित करते हैं-

"हे विश्वासियो! ईश्वर और प्रेरित की आज्ञा मानो।" (४ : ८ : ९)

"विश्वासी (मुसलमान) वह है, जो ईश्वर और प्रेरित पर विश्वास लाये हैं और शका नहीं करते।" (४९ : २ : ५)

महात्मा मुहम्मद : अन्तिम भगवद् दूत

"जो कोई परमेश्वर और उसके प्रेरित की आज्ञा न माने, उस के लिए सर्वदा नरक की अग्नि है।" (७२ : २ : ४)

महात्मा 'मुहम्मद' के आचरण को आदर्श मानकर उसे दूसरों के लिए अनुकरणीय कहा गया है। "तुम्हारे लिये प्रभु-प्रेरित का सुन्दर आचरण अनुकरणीय है।" (३३ : ३ : १)

यह कह ही आये हैं कि 'अरब' के लोग उस समय एकदम असभ्य थे। उन्हें छोटे-छोटे से लेकर बड़े-बड़े आचार और सभ्यता सम्बन्धी व्यवहारों को भी बतलाना पड़ता था। उनको गुरु-शिष्य, पिता-पुत्र, बड़े-छोटे के सम्बन्ध का भी विशेष विचार नहीं था। महात्मा 'मुहम्मद' को गुरु और प्रेरित स्वीकार करने पर उनका यही मुख्य सम्बन्ध मुसलमानों के साथ है, न कि भाईबन्दी, चाचा-भतीजा वाला पहला सम्बन्ध,यथा-

"'मुहम्मद' तुम पुरुषों में से किसी का बाप नहीं, वह प्रभु-प्रेरित और सब प्रेरितों पर मुहर (अन्तिम) है।" (३३ : ५: ६)

'मुसलमानों का उस (मुहम्मद) के साथ प्राण से भी अधिक सम्बन्ध है और उसकी स्त्रियाँ तुम्हारी (मुसलमानों की) माताएँ हैं।'

महात्मा मुहम्मद के विवाह

कितने ही नये मुसलमान महात्मा पर अपने मुसलमान हो जाने का आभार (इहसान) रखते थे। जिस पर कहा गया है–

"तुझ पर इहसान रखते हैं कि मुसलमान हो गये, कह मुझ पर इहसान मत रखो, यह परमेश्वर ने तुम्हारे ऊपर उपकार किया है कि तुमको सच्चा रास्ता दिया।" (४९ : २ : ७)

महात्मा 'मुहम्मद' का प्रथम विवाह श्री 'खदीजा' के साथ २५ वर्ष की अवस्था में हुआ था। विवाह के अनन्तर वह २५ वर्ष तक जीवित रहीं। 'मदीना-प्रवास' से ३ वर्ष पूर्व, जबकि महात्मा ५० वर्ष के हो गये थे, उनका स्वर्गवास हुआ। इस्लाम की शिक्षा सर्वप्रथम इन्होंने स्वीकार की। कई कारणों से मजबूर होकर महात्मा को (प्रायः) दस विवाह और करने पड़े, किन्तु यह सब ५३ वर्ष की अवस्था के बाद हुए। यहाँ पर महात्मा के पास एक 'जैद' नाम का दास रहता था। उसके मुसलमान हो जाने पर उन्होंने इतना ही नहीं कि उसे दासता से मुक्त कर दिया, प्रत्युत अपना 'पोष्य-पुत्र' बनाकर उसका विवाह अपनी फूफी, 'उमैया' की लड़की 'जैनब' से करा दिया। जैनब की बड़ी-बड़ी इच्छाओं और उच्च-वंश के अभिमान ने दासता से मुक्त 'जैद' के साथ पटरी न जमने दी। दोनों में बराबर झगड़ा होने लगा। अनेक बार 'जैद' ने सम्बन्ध-विच्छेद (तलाक़) करना चाहा, किन्तु बार-बार महात्मा 'अपनी स्त्री को अपने पास रहने दे और भगवान् से डर'-कहकर उसे रोक दिया करते थे, यद्यपि बार-बार की परीक्षा ने उन्हें निश्चित कर दिया था कि उन दोनों का मन मिलना कठिन है, किन्तु सम्बन्ध-विच्छेद से उत्पन्न होने वाली कठिन समस्या को देखकर वह इसी तरह टालते जाते थे। 'जैनब' और उसके भाई मुसलमान होने के कारण 'कुरैशियों' के कोप-भाजन हुए थे और उन्होंने भी घर-बार छोड़ 'मदीना' में प्रवास किया था। तलाक़ देने पर जैनब' का विवाह होना कठिन था। मुसलमान होने से मुसलमान-भिन्न के साथ सम्बन्ध हो नहीं सकता था और मुसलमान में भी 'कुरैश' के वंश की प्रतिष्ठा के ख्याल से किसी अकुरैशी से विवाह अयुक्त था, यद्यपि इससे बहुत पहले ही आदेश मिल चुका था-

"भगवान् ने 'पोष्य' पुत्रों को तुम्हारा पुत्र नहीं बनाया, यह तुम्हारी कपोल-कल्पना है।" (३३ : १ : ४)

इससे 'जैनब' के साथ ब्याह करने में 'इस्लाम' धर्म के अनुसार कोई बाधा न थी, परन्तु महात्मा लोकापवाद से डरते थे। लोग कहेंगे-'मुहम्मद' ने अपनी पतोहू घर में रख ली, किन्तु 'इस्लाम' के प्रवर्तक की यह निर्बलता बहुत हानिकर होती यदि वह उस शिक्षा को लोकापवाद से डरकर छोड़ देते जिसके कि वह स्वयं 'प्रचारक' थे, फिर तो उनके अनुयायी क्यों न बहिर्मुख हो जाते। इसीलिये कुरान ने आदेश दिया—

महात्मा मुहम्मद की पत्नियाँ

'भगवान से डर, तू जो कुछ अपने भीतर छिपाना चाहता था, भगवान् उसे प्रकाशित करना चाहता है। तू मनुष्यों से डरता है, किन्तु परमेश्वर से डरना ही सर्वोत्तम है। जब 'जैद' की उससे इच्छा पूर्ण हो गई, तो हम (ईश्वर) ने उसे (जैनब को) तुझे ब्याह दिया। यह इसलिये कि मुसलमानों पर अपने मौखिक (पुत्रों) की स्त्रियों से ब्याह करने में हरज न हो।' (३३ : ५ : ६)

'मदीना-प्रवास' से पहले महात्मा ने एक ही ब्याह किया था। यह था श्री 'खदीजा' के साथ। वह प्रवास से ३ वर्ष पूर्व ही स्वर्गवासिनी हो गई थीं। बाकी विवाह, जो 'मदीना' में आने पर ५३ वर्ष के बाद हुए, उनकी संख्या ९(9) से अधिक बतलायी जाती है। प्रधान स्त्रियों के नाम ये हैं-

१. श्रीमति 'आयशा' द्वितीय खलीफा 'अबूबकर' की पुत्री। २. श्रीमति 'हफसा, तृतीय खलीफा 'उमर' की पुत्री। ३. श्रीमति 'सौदा'। ४. श्रीमति 'उम्म सल्मा'। ५. श्रीमति 'जैनब। ६. श्रीमति उम्म हबीबा। ७. श्रीमति 'जवेरिया'। ७. श्रीमति 'मैमूना'। ६. श्रीमति 'सफ़िया'।

इनमें से पहली छह 'कुरैश-वंश' की थीं। आत्मरक्षा के लिए सब तरह से हारकर मुसलमानों ने तलवार की शरण ली। उन्हें 'इस्लाम' के शत्रुओं कुरैश और उनके साथी 'यहूदियों' से अनेक लड़ाइयाँ लड़नी पड़ीं, जिनमें अनेक मुसलमान वीरगति को प्राप्त हुए। उनकी स्त्रियाँ विधवा हो गईं। अब उनके पालन-पोषण का प्रश्न उठा। मुसलमानों की संख्या कम थी और उतने ही में प्रबंध करना ठहरा। इस छोटी-सी बिरादरी के साथ सम्बन्ध की अनिवार्यता ने महात्मा 'मुहम्मद' को और भी मजबूत किया कि वह उन विधवाओं और उनके सम्बन्धियों को सन्तुष्ट करने के लिये और भी शादियाँ करें। ऐसी ही कठिनाइयों में 'खुनैस' की विधवा 'हफसा', 'अब्दुल्ला' की विधवा 'जैनब' और 'अबूसल्मा' की विधवा 'उम्म सल्मा' से विवाह करना, और 'उबैदुल्ला' की विधवा 'उम्म हबीबा', से भी उपर्युक्त कारणों से ब्याह हुआ, जो तीन विवाह कुरैश-भिन्न वंशों में हुए, वह भी लड़ाकू सरदारों को ब्याह-सम्बन्ध से शान्त रखने के लिए। श्री 'अबूबकर' के आग्रह ने 'आयशा' से ब्याह करने पर मजबूर किया। इन सब बातो से यह भली प्रकार पता चल सकता है कि महात्मा ने यह अनेक ब्याह विषय-भोग के

लिये नहीं, किन्तु अन्य ही किन्हीं सदिच्छाओं से प्रेरित होकर किया। 'प्रेरित मुहम्मद' के अपने ब्याह के विषय में 'क़ुरान' की निम्न प्रकार की आज्ञा है—

नबी के विवाह-योग्य स्त्रियाँ

'हे प्रेरित, जिन पत्नियों को तूने स्त्रीधन दे दिया, जो तेरे दाहिने हाथ की सम्पत्ति हुई, तेरे चचा, फूफी, मामा और मौसी की बेटियाँ, जिन्होंने तेरे साथ प्रवास किया तथा कोई भी मुसलमान स्त्री, जिसने अपने को नबी (प्रेरित) के लिए अर्पण कर दिया और नबी तू उनके साथ ब्याह करना चाहे, यह सब तेरे लिए विहित हैं।' (३३ : ६ : ९)

महात्मा मुहम्मद की विलास-शून्यता

महात्मा 'मुहम्मद' का जीवन कितना भोग-विलास से शून्य था, उसका पता उस वाक्य से लगेगा जिसमें कहा गया है—

'हे नबी! अपनी स्त्रियों से कह-यदि तुम सांसारिक जीवन और उसके भोग-विलास को चाहती हो तो आओ तुम्हें कुछ देकर भली प्रकार विदा कर दूँ और यदि तुम परमेश्वर, उसके नबी और अन्तिम दिन को चाहती हो, तो अवश्य ईश्वर ने ऐसी सदाचारिणी स्त्रियों के लिए उत्तम फल निश्चित कर रखा है।' (३३ : ४ : १,२)

जब कई एक विजयों के लूट के माल से मुसलमान लोग सम्पत्तिशाली हो गये थे। उनके घर सुख-सामग्रियों से पूर्ण थे। उनकी स्त्रियाँ सुन्दर वस्त्रों से सुसज्जित रहा करती थी। घर का काम-काज करने के लिए उनके पास युद्ध के बंदी दास-दासी भी मौजूद थे। इस प्रकार आनन्द करती, अपनी पड़ोसिनों को देखकर महात्मा 'मुहम्मद' की स्त्रियों में भी उनके लिए इच्छा पैदा होना स्वाभाविक था। इसी पर उपर्युक्त 'क़ुरान' का वाक्य कहा गया है। उन्हें औरों की अपेक्षा भोग-सामग्रियों से ही केवल वंचित नहीं किया गया बल्कि अपराध करने पर लिखा है—

नबी की स्त्रियों का उत्तरदायित्व

"हे नबी की स्त्रियों! जो कोई तुममें से अपराध करें, उसको दूनी दण्ड-यातना है।" (३३ : ४ : ३)

सचमुच नबी और उनके परिवार को अपने अनुयायियों के आदर्शभूत होने के कारण सब प्रकार से उसके योग्य होना आवश्यक है।

"हे नबी की पत्नियों! तुम सर्वसाधारण स्त्रियों की भाँति नहीं हो" (३३ : ४ : ४) यहाँ उनकी जवाबदेही भी स्पष्ट कर दी है।

स्त्रियों से विवाद

उस समय अरब-निवासियों में स्त्रियाँ तुच्छ गिनी जाती थीं। वह उनके लिए विलास-सामग्री और काम करने की मशीन थीं। उनको अधिकार नहीं था कि पुरुष की किसी बात का उत्तर दें, किन्तु हजरत ने अपनी स्त्रियों को बहुत कुछ स्वतन्त्रता दे रखी थी। कहावत है कि एक समय 'उमर' की पत्नी ने अपने पति को कुछ सलाह दी। अरब की प्रकृति के अनुसार 'उमर ने कहा–"इससे तुम्हारा कुछ सम्बन्ध नहीं।" पत्नी ने कहा–"तुम्हारी लड़की 'हफ्सा' क्या हजरत को उत्तर पर उत्तर देती जाती है, यहाँ तक कि वह अप्रसन्न तक हो जाते हैं, किन्तु तुम नहीं चाहते कि मैं ऐसे विषयों में तुम्हें कुछ परामर्श दूँ।" यह सुनकर 'उमर' को 'हफ्सा' पर बड़ा क्रोध हुआ। उन्होंने जाकर 'हफ्सा' से ऐसा न करने को कहा। जब यही परामर्श उन्होंने नबी की एक दूसरी स्त्री 'उम्मसलमा' को देना चाहा, तो उसने रूखा-सा उत्तर दिया-

आयशा और हफ्सा का नबी से झगड़ा

'नबी की स्त्रियों की बातों में तुम्हें दखल देने का कुछ अधिकार नहीं।' महात्मा की स्त्रियों को सचमुच दूसरी स्त्रियों से बहुत स्वतन्त्रता प्राप्त थी। वह उनकी बातों का भी बड़ा ख्याल किया करते थे। एक समय की बात है कि 'हजरत' ने बिना बारी के 'जैनब' के घर में जाकर मधु खायी। इसे 'आयशा' और 'हफ्सा' सहन न कर सकीं। उन्होंने चिढ़ाने के लिए महात्मा से कहना आरम्भ किया–"मधु की गन्ध आती है।" इस पर हजरत ने मधु का सर्वदा के लिए शपथपूर्वक परित्याग कर दिया, किन्तु कहीं मुसलमान लोग भी मधु को निषिद्ध न समझ लें, इसलिए उन्हें आदेश हुआ-

"हे नबी! जो तेरे लिए विहित है, क्यों तू उसे निषिद्ध करता है? तू अपनी पत्नियों की प्रसन्नता चाहता है? ईश्वर कृपालु और क्षमाशील है, अपनी शपथों को तोड़ डालना, ईश्वर तुम्हारा कर्त्तव्य ठहराता है।" (६१ : १ : १,२)

बहुविवाह का दुष्प्रभाव एवं सपत्नी-कलह प्रसिद्ध ही है। जरा एक पत्नी से अधिक वार्तालाप होते देखा नहीं कि दूसरी जलने लगती थी। एक बार 'आयशा' और 'हफ्सा' ने ऐसा ही विवाद उठाया और वह यहाँ तक बढ़ा कि अन्त में 'कुरान' को इसके बारे में उपदेश देना पड़ा–'अगर तुम दोनों प्रभु के पास पश्चात्ताप करती हो, तो तुम्हारे हृदय विनम्र हो गये, परन्तु यदि तुम दोनों उस (मुहम्मद) पर चढ़ाई करो, तो निश्चय परमात्मा, 'जिब्रैल' साधुशील मुसलमान और देवदूत उसके सहायक उसकी पीठ पर है। यदि अभी नबी तुम्हें परित्याग कर दे तो इसके बदले परमात्मा उसे तुमसे अच्छी पत्नियाँ देगा, जो कि आज्ञाकारिणी, विश्वासिनी, अभ्युत्थानशील, पश्चात्तापकत्रीं, सेविका, व्रत करने वाली और कुमारी होंगी।' (६६ : १ : ३,४)

बिना बुलाये घर में जाना निषिद्ध

'नबी की स्त्रियाँ तुम्हारी माताएँ हैं' यह पहले लिखा जा चुका है। इस वाक्य ने ही प्रेरित की विधवा स्त्रियों से मुसलमानों का विवाह होना अनुपयुक्त ठहराया।

उस समय के साधारण अरब-निवासियों के दुराचार को देखते हुए मुसलमानों के आचरणों पर विशेष ध्यान दिया गया। अपने आचरण से 'इस्लाम' के महत्त्व का प्रचार करना प्रत्येक मुसलमान का कर्त्तव्य ठहराया गया। उनका दूसरी स्त्रियों से अधिक सम्पर्क होना निषिद्ध कर दिया गया। स्वयं अपने गुरु के घर में भी अनावश्यक आना रोक दिया गया। कहा है–

"भोजन के लिए जब तक बुलाये न जाओ, नबी के घर में प्रविष्ट न हो, और जब भोजन कर चुको तो चले जाओ। गपशप आपस में मत करते रहो, क्योंकि तुम्हारे इस व्यवहार से नबी को कष्ट पहुँचता था, किन्तु वह तुमसे कहने में संकोच करता था।" (३३ : ७ : १)

इस बिन्दु में संक्षेप में उन बातों को एकत्र करने का प्रयत्न किया गया है जिनका सम्बन्ध 'हजरत मुहम्मद' से विशेषकर है। यहाँ इस विषय में एक और बात का निर्देश कर देना आवश्यक है, वह है–युद्ध की लूटी संपत्तियों का विभाग। प्रत्येक ऐसी संपत्ति का पंचमांश नबी के पास जाता था जो परमेश्वर, प्रेरित के सम्बन्ध, अनाथों, दरिद्रों और पथिकों के लिए व्यय किया जाता था। (८ : ५ : ४)

पंचम विन्दु

पुरानी कथाएँ

"यह (वह) बस्तियाँ हैं, जिनका वृत्तान्त तुझे (हम) सुनाते हैं।" (७ : १३ : ३)

"सो तू (मुहम्मद) कथा वर्णन कर, शायद वह विचार करें।" (७ : २२ : ५)

जैसा हम ऊपर लिख आये है कि 'कुरान' का एक विशेष भाग शिक्षाप्रद इतिवृत्तों और कथाओं से पूर्ण है। उपर्युक्त वाक्य इसके साक्षी हैं। 'कुरान' में वर्णित सभी विषयों का सामान्य ज्ञान इस कुरानसार की रचना से अभिप्रेरित है। अतः यहाँ पर उन कथाओं का थोड़ा-सा वर्णन कर दिया जाता है। इनमें से अनेक कथाएँ कुछ घटा-बढ़ा कर वही हैं जो 'बाइबिल' में आयी हैं।

आदम

१. महात्मा 'आदम'–"जब परमात्मा ने 'फ़रिश्तों' से कहा कि मैं दुनिया में एक नायब (सहायक) बनाने वाला हूँ, (तो वह) बोले–क्या उसमें तू ऐसो को बनायेगा जो खून और कलह करेंगे? हम तेरी स्तुति करते हैं। (भगवान् ने) 'आदम' को सम्पूर्ण नाम (ज्ञान) सिखाये, फिर उसे 'फ़रिश्तों' (देवदूतों) को दिखाकर कहा–यदि तुम सच्चे हो, तो हमें इन (वस्तुओं) के नाम बताओ। (फ़रिश्तों ने) कहा–जो कुछ तूने सिखाया है, उसके अतिरिक्त हमको मालूम नहीं! (अब प्रभु ने) कहा–हे आदम, इनको इनके नाम बता दे, फिर जब उसने उन्हें बता दिया तो (परमेश्वर ने) कहा–क्या मैंने तुमसे

नहीं कहा कि मैं बहुत-सी बातें ऐसी जानता हूँ जिसे तुम नहीं जानते। परमात्मा ने 'फ़रिश्तों' से 'आदम' को प्रणाम करने को कहा। सबने तो किया, किन्तु (सबके सरदार) 'इब्लीस' ने नहीं किया। (२ : ४ : १-५)

'इब्लीस' ने कहा मैं श्रेष्ठ हूँ, मैं आग से बना और यह (आदम) मिट्टी से। (३८ : ५ : १४) फिर 'इब्लीस' ने ईश्वर के मार्ग को रोककर (लोगों को) पथभ्रष्ट करने के लिए धमकी दी। (इस पर) प्रभु ने कहा–उस (शैतान इब्लीस) को (स्वर्ग से) निकाला जाएगा और उसकी बात मानने वालों को नर्क में डाला जाएगा। (७ : २० ७-५)

फिर भगवान ने 'आदम' और उसकी स्त्री को स्वर्गोद्यान में रहने की आज्ञा दी और यह भी कहा कि जो चाहे सो खाना किन्तु अमुक वृक्ष के समीप न जाना। (२ : ४ : ६)

(फिर) शैतान ने उस (आदम) की स्त्री को बहकाया। (२ : ४ : ७)

अमर या फ़रिश्ता न हो जाओ, इसीलिए (खुदा) ने फल खाना मना किया है। (७ : २ : ६) ....मैं तुमको अमर-वृक्ष और अजर-राज्य बता दूँ (२० : ७ : ५)

फल खाने पर उनके अवगुण खुल गये और वह पत्ते से (अपने शरीर को ढाँकने लगे, फिर ईश्वर ने कहा–क्या हमने तुमको मना न किया था कि शैतान तुम्हारा शत्रु है, सो उतरो...।   (७ : २: ९ ,११-१३)

(इस प्रकार शैतान ने उन दोनों को).... स्वर्ग से निकलवा दिया। (२ : ४ : ७)

जब काम पूरा हो चुका तो शैतान ने कहा–परमेश्वर ने ठीक अभिवचन दिया, किन्तु मेरी बात झूठी थी। (यद्यपि) मेरा शासन तुम पर नहीं था, किन्तु मैंने बताया और तुमने मान लिया। अतः मुझे अपराधी मत बनाओ, किन्तु अपने को ठहराओ।" (१४ : ४ : १)

नूह

२. महात्मा नूह–"(परमात्मा ने) 'नूह' को उसकी जाति के पास भेजा कि (उस पर) यातना पहुँचने से पहले उन्हें डरा। 'नूह' ने कहा–हे मेरी जाति (वालो)! मैं डराने वाला हूँ। परमेश्वर की पूजा करो, उससे डरो और मेरा कहा मानो। (अपना प्रयत्न निष्फल देख) 'नूह' ने कहा–हे प्रभो! मैं रात-दिन (अपनी) जाति को बताता रहा, किन्तु भागने के अतिरिक्त उनके पास मेरी पुकार न पहुँची। (७१ : १ : १३)

उन्होंने तो कहा–अपने ठाकुर–'बदद्', 'सुबाअ', 'यगूस', 'यऊक' और 'नस्र' को न छोड़ना। (नूह) बोला-प्रभो! नास्तिकों का एक घर भी भूमण्डल पर न छोड़ना, नहीं तो वह तेरे भक्तों को बहकावेंगे। (७१ : २ : ६,७)

(नूह) अपनी जाति में ६५० वर्ष रहा। (२९ : २ : १)

'नूह' के विषय में एक और स्थान पर कहा है–'नूह' को उसकी जाति के पास भेजा। (जाति ने) कहा–हम तुझे भूल में देखते हैं। (नूह) बोला- मैं भूल में नहीं हूँ, किन्तु जगदीश्वर का प्रेरित हूँ, फिर (उसकी जाति ने) झुठलाया, तब हमने उसको और साथियों को नाव में बचा लिया और जो झुठलाते थे, उन्हें हुबा दिया।" (७ : ८ : १-३,६)

इब्राहीम

3.   महात्मा 'इब्राहीम'–"जब (बालक) 'इब्राहीम' ने अपने बाप 'आज़र' से कहा–क्या मूर्ति को भगवान् करके ग्रहमण करते हो? मैं देखता हूँ, तुम्हारा (सारा) वंश बहका हुआ है। उसके विश्वास के लिए इस प्रकार (प्रलोभनार्थ शैतान ने) भूमि और आकाश का राज्य दिखाया। अँधेरी रात में तारा देखकर (इब्राहीम) बोला- यह मेरा ईश्वर है, फिर जब (वह) अस्त हो गया, तो बोला-मुझे अस्त होना प्रिय नहीं। चन्द्रमा को कहा–(यह) मेरा ईश्वर है। फिर महान् सूर्य को। (अन्ततः सबकी अस्थिरता को देख) बोला- मैंने अपने मुँह को उसकी ओर किया जिसने भूमि और आकाश को रचा है।" (६ : ९ : ५ : १०)

(उसने) अपने वंश से कहा–क्या पूजते हो? फिर (मन्दिर में) घुसकर उनकी मूर्तियों से पूछा तुम क्यों नहीं खाते? क्या हुआ है, तुम्हें जो नहीं बोलते? (तदनन्तर) दाहिने हाथ से उन्हें तोड़ने लगा। तब लोग घबड़ाये हुए दौड़कर आये। 'इब्राहीम' ने उनसे पूछा- अपने हाथ के बनाये हुओं को क्यों पूजते हो? इन्हें चुनकर आग की ढेर में डाल दो। 'इब्राहीम' के उस आचरण को देखकर उसके जाति वाले दाँत-घात लगाने लगे, किन्तु हमने उन्हें हीं नीचा दिखाया। (३७ : ३ : ११,१७-२१,२३,२४)

"इब्राहीम के मेहमानों (पाहुनों) ने भीतर आ सलाम किया। (तब वह) घर से घी में तला बछड़ा लाया। पूछा–क्या तुम खाते नहीं? 'इब्राहीम' को डरा देख उन्होंने कहा–डर मत, हम (तुझे) एक ज्ञानी पुत्र (होने) का शुभ समाचार देते हैं।"

(इसे सुन) उसकी स्त्री ने सिर धुनकर कहा—(५१ : २ : १-६)

"मैं बुढ़िया और मेरा पति बूढ़ा!!" (११ : ७ : ४)

"(ईश्वर-दूत) बोले- शक्तिमान्, ज्ञानी (महाप्रभु) ने ऐसा ही कहा है।" (५१ : २ : ७)

"(हमने) उस (इब्राहीम) को 'इसहाक' और 'इस्माईल' (दो) सन्तान दिये।" (२९ : ३ : ५)

"स्वप्न में (प्रभु के नाम पर) पुत्र को बलिदान चढ़ाने की (उसे) इच्छा हुई। पुत्र ने भी बाप की इच्छा (सुन) स्वीकार कर कहा—मुझे ईश्वरीय इच्छा से धैर्य मिलेगा। जब 'इब्राहीम' ने उसे लिटाया तो परमेश्वर ने कहा—तूने अपने स्वप्न को सच कर दिखाया। (अब इसके बदले एक बड़े पशु की बलि दे।)" (३७ : ३ : २९ , ३३)

"जब 'इब्राहीम' ने पूछा-प्रभो, तू कैसे मृतकों को पुनर्जीवित करेगा? (प्रभु ने कहा—चार पक्षी पकड़कर उनका एक-एक टुकड़ा, प्रत्येक पर्वत पर फेंक दे, फिर उन्हें बुला, वे (तेरे पास) दौड़ते आ जायेंगे।" (२: ३५ : ३)

लूत की कथा

४. महात्मा लूत–"ईश्वर के दूत जब 'लूत' के पास गये, तो वह डरा। उसके अस्वाभाविक व्यभिचारशील जाति वाले उनके पास दौड़ आये। 'लूत' ने उनसे कहा कि भाई! यह करस्पर्शरहित मेरी लड़कियाँ मौजूद हैं, इनसे अपनी इच्छा पूर्ण करो। ईश्वर से डरो और मुझे अपने अतिथियों में बदनाम न करो। उन्होंने कहा—हमें तेरी लड़कियों से कोई मतलब नहीं, हम क्या चाहते हैं, यह तू जानता ही है। अतिथियों ने 'लूत' को भयभीत देख कहा–'लूत', हम ईश्वर के दूत हैं, तू डर मत। आज रात में ही घर छोड़ निकल जा और पीछे फिर कर देखना नहीं। तेरी स्त्री अभाग्य की मारी पीछे मुड़कर देखेगी और जो पड़ना है, उस पर पड़ेगा। दूसरे दिन प्रभु का कोप हुआ और दूतों ने उस बस्ती को पलट (तर का ऊपर) कर दिया तथा उस पर पत्थर बरसाया।" (११ : ७ : १०-१४)

दूसरे स्थान पर यही वर्णन इस प्रकार आया है–

"लूत ने अपनी जाति को कहा–क्या ऐसी निर्लज्जता करते हो, जैसा तुमसे पहले संसार में किसी ने न किया। तुम कामातुर हो, स्त्रियों को छोड़, मर्दों पर दौड़ते हो।" जाति वालों में कहा–निकालो इनको, यह बड़े पुण्यात्मा बनना चाहते हैं। भगवान् ने

एक स्त्री के अतिरिक्त,जो पीछे रह गई थी, उसके सारे कुटुम्ब को बचा लिया।" (२७ : ४ : ८-११)

एक और स्थान पर 'लूत' का उपदेश इन शब्दों में है–

"उनके भाई 'लूत' ने कहा–मैं तुम्हारे लिए विश्वासपात्र (प्रभु) प्रेरित हूँ। सो प्रभु को डरो और मेरा कहा मानो। तुम संसार के मर्दों पर दौड़ते हो, और तुम्हारे ईश्वर ने जिन्हें तुम्हारे लिए बनाया, उन अपनी स्त्रियों को छोड़ते हो, तुम मर्यादा के उल्लंघन करने वाले हो।" (२६ : ९ : ३,७)

यूसुफ़ की कथा

५. यूसुफ़- "बालक 'यूसुफ़' ने बाप (याकूब) से कहा–मैंने ११ तारे, चन्द्रमा और सूर्य को अपने लिये प्रणाम करते देखा। (पिता) बोला- बेटा! अपने स्वप्न को अपने भाइयों से मत कहना अन्यथा वह धोखा देंगे। इस प्रकार (ज्ञात होता है) तेरा प्रभु तुम पर कृपा करेगा और तुझे (रहस्य की) बातें सिखायेगा एवं तुझ पर तथा 'याकूब' सन्तति पर अपनी प्रसन्नता पूर्ण करेगा, जैसा कि उसने तेरे दो बाप-दादों-'इस्माइल' और 'इसाहक्क' पर किया। (१२ : १ : ४-६)

(एक समय) उसके भाइयों ने मन्त्रणा की कि 'यूसुफ़' और उसका भाई 'बनि-अमीन' हमारे बाप को हमसे अधिक प्रिय हैं। इसलिए आओ उन्हें एक दिन मारकर फेंक दिया जाय। तब एक ने कहा–उसको मारो मत, अंधे कुएँ में डाल दो, जिससे कोई मुसाफिर उठा ले जाय। उन्होंने बाप को फुसलाकर किसी प्रकार 'यूसुफ़' को शिकार खेलने के लिए अपने साथ वन में जाने पर राजी कर लिया। वन में ले जाकर उसे कुएँ में ढकेल दिया और उसकी कमीज को लहू में रंग कर बाप के सामने रखकर कहा–"उसे भेड़िया खा गया। उधर (किसी) यात्री-समुदाय के एक आदमी ने पानी खोजने के समय 'यूसुफ' को कुएँ से निकाला और उसे एक मिस्री सौदागर के हाथ बेच डाला।" (१२ : २ : २-१४)

"मिस्री खरीदार ने इस सुन्दर बालक को एक स्त्री (मिस्र के राजमंत्री की स्त्री) के हाथ बेच दिया। उसने भली प्रकार रखा। जब वह युवा हुआ तो उसकी सुन्दरता पर उसका मन चलायमान हो गया, किन्तु 'यूसुफ़' ने बात स्वीकार न की। 'अजीज' (मिस्र के राजमंत्री) की स्त्री अपने दास पर मोहित है, यह बात नगर में फैल गई। इस

पर 'अजीज' की स्त्री ने नगर की स्त्रियों को बुलाकर 'यूसुफ़' के सामने उन्हें खरबूजा और छूरी दी। उनका चित्त 'यूसुफ़' की ओर इतना आकर्षित हुआ कि उन्होंने अपना हाथ काट डाला और कहा–हाशल्लाहु! (आह! भगवान्), यह मनुष्य नहीं देवता है। 'यूसुफ़' से निराश होकर उस स्त्री ने उसे कैद की धमकी दी। 'यूसुफ़' बोला-जिधर मुझे बुलाती हो, उससे जेल मुझे प्रियतर है। निदान 'यूसुफ़' जेल में डाल दिया गया। उसके साथ वहाँ दो और बन्दी थे। एक रात दोनों ने स्वप्न में देखा और 'यूसुफ़' से कहा। 'यूसुफ़' ने उसे जिसने सिर पर रखी रोटी को जानवरों से खाई जाती देखा था–कहा कि तू सूली पर चढ़ाया जाएगा और तेरा सिर जानवर नोचेंगे। दूसरे से जिसने शराब निचोड़ते देखा था–कहा, तू राजा को शराब पिलायेगा और उसका प्रिय दास होगा, किन्तु पदारूढ़ होकर, मुझे स्मरण रखना। 'यूसुफ़' का स्वप्न–विपाक ठीक निकला, किन्तु राजा का सेवक होकर, वह जीवित बन्दी से उसे भूल गया। 'यूसुफ' कितने ही वर्ष जेल ने रहा।" (१२ : २-५)

"एक समय बादशाह ने स्वप्न देखा कि सात मोटी गायों को सात दुबली (गायें) खाती हैं, सात बालें हरी और सात सूखी हैं। राजा ने स्वप्न विचारने के लिए सगुनियों को बुलवाया। उसी समय उसके उस भूतपूर्व बन्दी नौकर ने 'यूसुफ़' की प्रशंसा की। 'यूसुफ़' ने आकर बताया कि सात वर्ष तुम्हारे राज्य में खूब फसल होगी और सात बरस तक पानी न बरसेगा। इसलिए अनाज काटकर उसे बालियों में ही पड़ा रहने दो। राजा ने प्रसन्न हो 'यूसुफ़' की निरपराधता का पता पा कैद से छुड़ा, उसे अपना काम सौंपा। अकाल के समय 'यूसुफ़' ही के हाथ में अनाज आदि का अधिकार था। एक समय उसके भाई भी अकाल के मारे उसके यहाँ अनाज लेने आये। बोरी तैयार होने पर उसने उनसे कहा–जब तक तुम्हारा छोटा भाई 'बनि-अमीन' न आयेगा, तुम माल न ले जा सकोगे। फिर किसी प्रकार बाप को राजी करके वह 'बनि-अमीन' को वहाँ लाये। उसकी तो इच्छा 'बनि-अमीन' को अपने पास रखने की थी। मिस्र के राजा के न्याय के कारण वह और प्रकार से अपने पास रख न सकता था। इसलिए उसने युक्ति सोच 'बनि-अमीन' की बोरी में लोटा रखवा उसे चोर बनाकर पकड़ लिया। उसके भाइयों ने बहुत छुड़ाने का प्रयत्न किया। अन्त में 'यूसुफ़' ने उनकी करनी को कह उन्हें लज्जित कर, अपने आप को प्रकट कर दिया। अपने वियोग में रोते-रोते अन्धे हो

गये, बाप के पास, उसने यह कह अपना कुर्ता भेजा कि इसके मुँह पर रखते ही उनकी आँखें अच्छी हो जायेंगी और यह भी कहा–घर सहित तुम सब यहाँ ही चले आओ। उसके आने के बाद बूढ़े माता-पिता को सिंहासन पर बैठा सबने प्रणाम किया।" (१२ : ६-११)

मूसा की कथा

६. महात्मा मूसा मिस्र का 'फ़रऊन' पैलस्ताइन (फिलस्तीन) विजय कर, वहाँ के बहुत से निवासियों को बंदी बना अपने देश में ले गया। पीछे राजाज्ञा हुई कि बन्दी बनाये इन 'इस्राईल' की सन्तानों के कोई भी लड़के न बचने पावें, किन्तु लड़कियाँ न मारी जायें। 'मूसा' के उत्पन्न होने पर उसकी माँ ने बच्चे को मारे जाने के डर से नहर में डाल दिया। वह संदूक फ़रऊन की स्त्री के हाथ लगा। उसने इस बालक को बड़े प्रेम से संयोगवश उसकी माँ को ही दाई रख पाला। युवा होने पर एक मिस्री पुरुष से एक 'यहूदी' को पिटते देख, उसने उस मिस्री को मार डाला और आप भागकर 'मदैन' में चला गया। वहाँ उसने ब्याह कर अपने श्वसुर के घर में १० वर्ष तक ब्याह के बदले की गई प्रतिज्ञा के अनुसार सेवा की। जब अवधि पूरी होने पर वह परिवार को ले चला तो एक पर्वत पर उसने आग देखी। वह अकेला पहाड़ पर गया। वहाँ दिव्यवाणी हुई–मैं जगदीश्वर हूँ, अपने डंडे को भूमि पर डाला। जब उसने उसे भूमि पर डाल दिया, तो वह फनफनाता साँप हो गया। 'मूसा' डरा। प्रभु ने कहा–आगे आ मूसा! डर नहीं। अपने हाथ को बगल में दे। वह चमकीला निकल आया। भगवान् से इस प्रकार दो प्रमाणभूत चमत्कार पाकर प्रभु के आदेशानुसार वह 'फरऊन' के पास गया। (२८ : १-४)

"उसने 'फ़रऊन' के जादूगरों को अपने चमत्कार से जीता। रात को उसने 'इस्राईल-संतति' को ले अपने देश की ओर प्रयाण किया। अपने दासों को इस प्रकार हाथ से निकलते देख 'फ़रऊन' सेनासहित पीछे दौड़ा। (मूसा ने) अपने डंडे के चमत्कार से समुद्र में मार्ग बना लिया, जिससे उसके जाति वाले पार हो गये। जब 'फ़रऊन' ने भी उसी तरह उतरना चाहा तो 'मूसा'के डंडे के उठाने से सब वहीं डूब गये। रास्ते में 'इस्राईल-सन्तति' को ईश्वर की ओर से दिव्य भोजन 'मन्न', 'सल्वा'

आता था। जब वह भगवान् से बात करने और उसके आदेश लेने के लिए गया था और अपने भाई 'हारून' के जिम्मे 'इस्राईल-संतति' को कर गया था तो इधर लोगों ने 'सामरी' के बहकाने से बछड़ा बनाकर पूजना आरम्भ किया। 'मूसा' के क्रोधित होने पर पीछे 'हारून' ने कहा–हे मेरी माँ के जने! न मेरी दाढी पकड़, न सिरा। मैं डरा कि तू कहेगा तूने बनी 'इस्राइल-संतति' में फूट डाल दी। 'सामरी' ने 'जिब्राइल' की धूलि से बछड़े में बोलने की शक्ति तक उत्पन्न कर दी थी।" (२० : ३ : ५)

"जब 'मूसा' भगवान् के पास बात करने गया था तो उसने दर्शन माँगा। भगवान् ने कहा–तू न देख सकेगा। अच्छा पहाड़ की ओर देख। उस तेज को देख वह मूर्छित हो गिर पड़ा। ईश्वर ने अपने आदेश को पट्टियों पर लिखकर उसे दिया।" (७ : १६-१८)

७. दाऊद–"हमने पर्वतों को 'दाऊद' के अधीन कर दिया जो स्तुति करते हैं एवं पक्षियों को भी। हमने तुम्हारे लिए उसे कवच बनाने की कारीगरी सिखा दी, जिससे युद्ध में तुम्हारा बचाव हो।" (२१ : ६ : ४,५)

यही कुछ भेद के साथ–(३४ : २ : १,२)

"हमारे (प्रभु के) सेवक 'दाऊद' को स्मरण कर, जिसके हाथ में बल था और जो अनुरक्त था। हमने पर्वतों को उसके अधिकार में दे दिया, जो प्रातः और सायं स्तुति करते और सारे पक्षी एकत्र हो उसके अनुरक्त होते थे। उसे हमने राज्यबल, चातुर्य और बात के निर्णय की शक्ति प्रदान की। तुझे (उन) वादियों की सूचना मिली है जो दीवार कूद कर मंदिर में आये। जब वह 'दाऊद' के पास आये, तो वह उनसे घबराया। उन्होंने कहा–भयभीत मत हो। हम दोनों वादी प्रतिवादी हैं। एक ने दूसरे पर अत्याचार किया है, सो हमारा न्याय कर, उपेक्षा न कर तथा हमें सीधा मार्ग बता। यह मेरा भाई है, इसके पास ९९ दुम्बा भेड़े हैं और मेरे पास एक। यह कहता है कि उसे भी मुझे दे दे। इसके लिए अत्याचार करता है। (दाऊद) बोला–अपनी भेड़ों में मिलाने के लिए तेरी भेड़ को माँगकर इसने तुझ पर अत्याचार किया। 'दाऊद' ताड़ गया कि हम (परमात्मा) ने उसकी परीक्षा ली है, फिर उसने अपने प्रभु से क्षमा माँगी, दण्डवत् की और वह अनुरक्त हुआ, फिर हमने उसे क्षमा प्रदान की, उसके लिए हमारे पास उत्तम पद और उच्च स्थान है। हे 'दाऊद'! हमने तुझे पृथ्वी पर अपना अधिकारी बनाया।" (३८ : २ : २-१२)

'दाऊद' की ९९ स्त्रियाँ थीं। उसने अपने पड़ोसी की एक स्त्री पर मुग्ध हो, उसे भी जबरदस्ती लेना चाहा। उसने इसके लिए उस स्त्री के पति को युद्ध में भेज दिया,जहाँ वह मारा गया। फिर उससे उसने ब्याह कर लिया। 'दाऊद' ने नियम किया था–एक दिन दरबार करना, एक दिन भगवद्भजन करना एवं एक दिन अंतःपुर में रहना। यह पिछला ही दिन था,जिस दिन द्वार से गमनागमन निरुद्ध होने से दो देवदूत दीवार फाँद कर उसके उपर्युक्त अनुचित कृत्य को अन्यायपूर्ण बतलाने के लिए आये थे। वही वृत्तांत ऊपर कहा गया है।

ऐसे ही बहुत से 'यहूदी', 'ईसाई', 'यवन', 'सिकन्दर', 'इब्शी' 'लुक़मान' आदि अन्य भी प्रसिद्ध व्यक्तियों का वर्णन 'क़ुरान' में मिलता है। विस्तार-भय से उनको यहाँ नहीं उद्धृत किया जा सकता।

षष्ठ विन्दु

"परमेश्वर, फ़रिस्ते, शैतान"

दुनिया के सारे धर्म प्रायः सारे पदार्थों को दो श्रेणियों में विभक्त करते हैं, अर्थात् जड़ और चेतन। जड़ का वर्णन स्थान-स्थान पर पाठक स्वयं पढ़ेंगे। यहाँ चेतन का वर्णन किया जाता है। चेतन के भी दो भेद हैं–ईश्वर, जीव। जीवों में ही 'फ़रिस्ते', 'शैतान' भी हैं।

ईश्वर

ईश्वर को 'क़ुरान' ने सृष्टि का कर्ता, धर्ता, हर्ता माना है, जैसा कि उसके निम्न उद्धरणों से मालूम होगा–

"वह (ईश्वर) जिसने भूमि में जो कुछ है, (सबको) तुम्हारे लिए बनाया।" (२ : ४ : ९)

"उसने सचमुच भूमि और आकाश बनाया। मनुष्य का क्षुद्र वीर्य-विन्दु से बनाया। उसने पशु बनाये जिनसे गर्म वस्त्र पाते तथा और भी अनेक प्रकार के लाभ उठाते हो एवं उन्हें खाते हो।" (१६ : १ : २-५)

"वह तुम्हारा ईश्वर सब चीजों का बनाने वाला है, उसके सिवाय कोई पूज्य नहीं।" (४ : ७ : २)

"ईश्वर सब चीजों का स्रष्टा तथा अधिकारी है।" (३९ : ६ : १०)

"निस्सन्देह ईश्वर भूमि और आकाश को धारण किए हुए है कि वह नष्ट न हो जायें।" (३५ : ५ : ४)

"जो परमेश्वर मारता और जिलाता है।" (५३ : ३ : १२)

ईश्वर बड़ा दयालु है, वह अपराधों को क्षमा कर देता है–

"निस्सन्देह तेरा ईश्वर मनुष्यों के लिए उनके अपराधों का क्षमा करने वाला है।" (१३ : १ : ६)

आस्तिकों ही पर नहीं, फ़रिस्तों पर भी–

"इस बात में (हे मुहम्मद!) तेरा कुछ नहीं, चाहे वह (ईश्वर) उन (काफ़िरों) को क्षमा करें या उन पर विपदा डाले, यदि वह अत्याचारी है।" (३ : १३ : ८)

ईश्वर सत्य है–

"परमेश्वर सत्य है।" (३१ : ३ : ११)

ईश्वर का न्यायकारी होना इस प्रकार कहा गया है–

"क़यामत' के दिन हम ठीक तौलेंगे, किसी जीव पर कुछ भी अन्याय नहीं किया जायगा। चाहे वह एक सरसो के बराबर ही लाये हैं, किन्तु हमारे पास पूरा हिसाब रहेगा।" (२१ : ४ : ६)

निम्न वाक्य के अनेक ईश्वरीय गुण बतलाये गये हैं–

"परमेश्वर जिसके सिवाय कोई ईश्वर नहीं–जीवन और सत् है। उसे नींद या औंध नहीं आती, जो कुछ भूमि और प्रकाश में है, उसी के लिए है। कौन है, जो उसकी आज्ञा बिना उसके पास सिफारिश करे? वह जानता है, जो कुछ उनके आगे या पीछे है वह कोई बात उससे छिपा नहीं सकते, सिवाय इसके कि जिसे वह चाहे विशाल भूमि और प्रकाश की कुर्सी, जिसकी रक्षा उसे नहीं थकाती, वह उत्तम और महान है।" (२ : ३४ : २)

परमेश्वर माता-पिता-स्त्री-पुत्रादि रहित है–

"न वह किसी से पैदा हुआ, न उससे कोई पैदा है।" (११२ : १ : ३)

ईश्वर के मार्ग में खर्च करने का वर्णन इस प्रकार है–

"कौन है, जो परमेश्वर को अच्छा कर्ज दे, वह उसे कई गुना बढ़ायेगा।" (२ : ३२ : ३) (५७ : २ : १)

"निसन्देह दाता स्त्री-पुरुषों ने परमेश्वर को अच्छा कर्ज दिया, उनका वह दुगुना होगा और उनके लिए (इसका) अच्छा बदला है।" (५७ : २ : ८)

ईश्वर का रूप

कितने ही लोग 'इस्लाम' में भी ईश्वर को साकार मानते हैं और इसके लिए निम्न 'क़ुरान-वाक्यों' का प्रमाण देते हैं–

'वह (परमेश्वर) जिसने छह दिन में भूमि और आकाश को बनाया, और फिर 'अर्श' पर विराजमान हुआ।' (५७ : १ : ४),(१० : १ : ३),(१३ : १ : २), (३२ : १ : ४)

साकार ईश्वर

'कृपालु परमेश्वर 'अर्श' पर विराजमान हुआ। उसका 'अर्श' जल पर है।'(२० : १ : ५)

'जो फ़रिश्ते 'अर्श' को उठाये हैं और जो उसके पास अपने परमेश्वर की स्तुति करते हैं।' (४० : १ : ७)

'और जिस (क़यामत के) दिन 'फ़रिश्ते' पास में रहेंगे और (उनमें से) आठ अपने ऊपर परमेश्वर का 'अर्श' उठायेंगे।' (६८ : २ : १७)

'जिस (क़यामत के) दिन (परमेश्वर की पिंडली खोली जायगी और (लोग) प्रमाण के लिए बुलाये जायेंगे, लेकिन वह (काफ़िर) समर्थ न होंगे।' (६८ : २ : ९)

यहाँ 'अर्श' ईश्वर के सिंहासन का नाम है। 'अर्श जल पर है' से पुराणों के शेषशायी ईश्वर का स्मरण आता है। इस मत के मानने वाले ईश्वर को सातवें आसमान (आकाश) में सिंहासन के ऊपर बैठा मानने वाले हैं, जहाँ से वह 'फ़रिस्ते' के द्वारा सारी सृष्टि पर शासन करता है। उनका कहना है,यदि ईश्वर सब जगह होता, तो हज़रत 'मुहम्मद' साहब के पास 'क़ुरान' को 'जिब्रील' के द्वारा भेजने की क्या आवश्यकता थी? परमेश्वर मूत्र-पुरीष आदि घृणित स्थानों में नहीं रहता।

परमेश्वर निराकार

'क़ुरान' में यह सिद्धान्त भी भलीभाँति प्रतिपादित किया गया है कि ईश्वर अद्वितीय (एक), सर्वज्ञ, सर्वव्यापक, अनुपम, अतिसमीप है। निम्न वाक्य इस आशय को दर्शाते हैं-

“निस्सन्देह तुम्हारा ईश्वर एक परमेश्वर है, उसके सिवाय कोई पूजनीय नहीं, वह कृपालु और क्षमाशील है।” (२ : १९ : ११)

“ईश्वर गवाही देता है कि उसके सिवाय कोई पूजनीय नहीं। ‘फ़रिश्ते’ तथा ज्ञानी (जन) इस पर दृढ़ हैं कि उसके सिवाय कोई पूजनीय नहीं जो शक्तिमान् एवं ज्ञानी है।” (३ : ८ : ९)

“वह आदि है, वह अन्त है, वह बाहर है, वह भीतर है, वह सब चीजों का जानकार है।” (५७ : १ : ३)

“निश्चय भगवान् (अपने) ज्ञान से सब चीजों को घेरे हुए हैं।” (६५ : २ : ५)

“(काफिर-नास्तिक) भगवान् से मुलाकात के सन्देह में हैं, वह सर्वव्यापक है।” (५१ : ६ : १०)

“उस ईश्वर के सदृश कोई चीज नहीं।”

“मैं (ईश्वर) चलती नाड़ी से भी समीप हूँ।”

ईश्वर को एकदेशीय और साकार मानने वाले ऊपर आगे सर्वव्यापक आदि विशेषणों का ‘ज्ञान द्वारा सर्वव्यापक’ अर्थ करते हैं। इसी प्रकार सर्वव्यापकवादी ‘अर्श’ का अर्थ शासन करते हैं। ऐसे ही और अर्थों में भी परिवर्तन करते हैं, किन्तु इसमें सन्देह नहीं कि पुराने ‘भाष्यकारों और हदीस ग्रन्थों’ के किसी एक पक्ष को सर्वथा त्यागा और दूसरे पक्ष को सर्वथा अपनाया नहीं है। इस साकारवाद के आधार पर ही महात्मा ‘मुहम्मद’ की ‘मिअराज’ यात्रा की अनेक कथाएँ उपर्युक्त ग्रन्थों में वर्णित हैं, जिनको यहाँ उद्धृत करना उचित नहीं प्रतीत होता। ‘मिअराज’ सम्बन्धी ‘आयत’ एकादश विन्दु में दी गई है।

फ़रिस्ते (देवदूत)

जिस प्रकार पुराणों में परमेश्वर के बाद अनेक देवता भिन्न-भिन्न काम करने वाले माने जाते हैं, यमराज मृत्यु के अध्यक्ष, इन्द्र वृष्टि के अध्यक्ष इत्यादि, इसी प्रकार ‘इस्लाम’ ने ‘फ़रिश्तों’ को माना है। पहले ‘फ़रिश्तों’ के सम्बन्ध में ‘क़ुरान’ में आये कुछ वाक्य दे देने पर, इस पर विचार करना अच्छा होगा। इसलिए यहाँ वे वाक्य उद्धृत किये जाते हैं–

''जब हमें (परमेश्वर) ने 'फ़रिश्तों' को (आदम के लिए) दण्डवत् करने को कहा, तो सबने दण्डवत् की, किन्तु 'इब्लीस' ने इन्कार किया, घमण्ड किया और (वह) नास्तिकों में से था।''(२ : ४ : ५), (२० : ७ : १)

''जब हमने 'फ़रिश्तों' को दण्डवत् करने को कहा, तो 'इब्लीस' के अतिरिक्त सबने किया। 'इब्लीस' बोला-क्या मैं उसे दंडवत् करूँ,जो मिट्टी से बना है।'' (१७ : ७ : १)

''जब हमने 'फ़रिश्तों' को कहा–'आदम' का दण्डवत् करो, तो (उन्होंने) दण्डवत् की, किन्तु 'इब्लीस जो 'जिन्नों' में से था–ने न किया।'' (२० : ११६)

ऊपर के वाक्यों में 'फ़रिश्तों' का वर्णन आया है। भगवान् ने 'आदम' (मनुष्य जाति के आदि पिता) को बनाकर उन्हें 'आदम' को दंडवत् करने को कहा। सबने वैसा किया, किन्तु 'इब्लीस' ने न किया। यह 'इब्लीस' उस समय 'फ़रिश्तों' में सबसे ऊपर (देवेन्द्र) था। तृतीय वाक्य में उसे 'जिन्न' कहा गया है। इससे ज्ञात होता है कि 'फ़रिश्ते' और 'जिन्न' एक ही हैं या जिन्न 'फ़रिश्तों' के अन्तर्गत ही कोई जाति है। 'इब्लीस' ने यह कह कर 'आदम' को दंडवत् करने से इन्कार किया कि वह मिट्टी से बना है। अतः मालूम पड़ता है कि 'फ़रिश्तों' की उत्पत्ति किसी और अच्छे पदार्थ से हुई है। अन्यत्र 'इब्लीस' के वाक्य ही से मालूम हो जाता है कि उनकी उत्पत्ति अग्नि से हुई है। अपने भक्तों की रक्षा के लिए ईश्वर इन 'फ़रिश्तों' को भेजते हैं, यथा–

फ़रिस्तों से सहायता

'हे ईमानवालो!' अपने ऊपर ईश्वर की कृपा को स्मरण करो जब तुम्हारे ऊपर (शत्रुओं की) फौज आयी, तो हमने इन (शत्रुओं की फौज) पर आँधी भेजी तथा एक (फरिश्तों की) फौज भेजी जिसे तुमने नहीं देखा। (३२ : २ : १)

यह एक युद्ध के सम्बन्ध में वर्णन है, जब कि शत्रुओं की संख्या मुसलमानों से कई गुनी थी। उस वक्त ईश्वर का कोप आँधी रूप से उनके ऊपर पड़ा और ईश्वर ने मुसलमानों की सहायता के लिए 'फ़रिश्तों' की फौज भेजी।

यह 'फरिश्ते' आस्तिकों के पास आते हैं-

''जो कहते हैं कि हमारा मालिक परमेश्वर है और (इस पर) दृढ़ हैं, उनके ऊपर 'फ़रिस्ते' उतरते हैं और कहते हैं–डरो नहीं, अफसोस न करो, और स्वर्ग का शुभ सन्देश सुनो, जिसके मिलने के लिए तुम्हें वचन दिया गया है।'' (४१ : ४ : ५)

प्रत्येक मनुष्य के शुभाशुभ कर्मों के लेखक तथा रक्षक 'फ़रिस्ते' हैं, जिनके विषय में कहा है–"निस्संदेह तुम्हारे ऊपर रखवाले हैं, 'किरामन् कातिबीन' जो कुछ तुम करते हो, उसे (वह) जानते है।" (८२ : १ : १०-१२)

'हदीस' और 'भाष्य' (तफसीर) ग्रन्थों में आता है कि प्रत्येक मनुष्य के दोनों कन्धों पर 'किरामन्' और 'कातिबीन', यह दो 'फ़रिस्ते' बैठे रहते हैं, जिसमें से एक उसके सारे सुकर्मों को और दूसरा सारे दुष्कर्मों को लिखता रहता है।

फ़रिश्तों के पंख

इन 'फ़रिश्तों' के 'पर' भी होते हैं-

"प्रशंसा परमेश्वर के लिए है जो दो, तीन, चार पंख वाले 'फ़रिश्तों' को दूत बनाता है।" (३५ : १ : १)

कुछ 'फ़रिस्तों' का नाम इस वाक्य में दिया है–

"कह (हे मुहम्मद!) निरसन्देह जिसने ईश्वर की आज्ञा से तुझ पर इस (क़ुरान) को उतारा, उस 'जिब्रील' का जो शत्रु है, जो ईश्वर, उसके 'रसूलों' (दूतों, ऋषियों) का, 'फ़रिश्तों' का, 'जिब्रील' का, 'मीकाल' का शत्रु है, निस्सन्देह भगवान् ऐसे काफ़िरों (नास्तिकों) का शत्रु है।" (२ : १२ : १, २)

ऊपर आये दोनों 'फ़रिश्तों' में 'जिग्रील' (जिब्राइल) सब फ़रिश्तों का सरदार है, 'मीकाइल' मृत्यु का 'फ़रिश्ता' अर्थात् 'यमराज' है, जिसका काम आयु पूरा होने पर सबको मारना है। ऐसे ही 'हदीसों' में और भी अनेक 'फ़रिश्तों' के नाम और काम बतलाये गये हैं। 'इस्राफील' अपना नरसिंहा जब बजायेंगे, तब महाप्रलय होगी।

शैतान (पापात्मा)

'फरिश्तों' के अतिरिक्त 'क़ुरान' में एक प्रकार के और भी 'अदृष्ट' प्राणी कहे गये हैं, जो सब जगह आने-जाने में 'फ़रिश्तों' के समान ही हैं, किन्तु वह शुभकर्म से हटाने और अशुभ कराने के लिए मनुष्यों को प्रेरणा करते हैं। इन्हें 'शैतान' कहते हैं। हमने इस पुस्तक में उनके लिए 'पापात्मा' शब्द लिखा है। शैतानों में सबका सरदार वही 'इब्लीस' है जिसका कि नाम ऊपर आया है। शैतान के विषय में कहा है–

'यह केवल शैतान है जो तुम्हें अपने दोस्तों से डराता है।' (३ : १८ : ४)

शैतान किस प्रकार मनुष्य को अशुभ कर्म की ओर प्रेरित करता है, उसको इस वाक्य में कहा गया है–

"शैतान उनके कर्मों को सँवार देता है तथा कहता है–अब कोई मनुष्य तुम्हें जीत नहीं सकता, मैं तुम्हारा रक्षक हूँ, किन्तु जब दोनों पक्ष आमने-सामने आते हैं, तो वह मुँह मोड़ है और कहता है–मैं तुमसे अलग हूँ, मैं निस्सन्देह देखता हूँ जिसे तुम नहीं देखते और परमेश्वर पाप का कठोर नाशक है।" (८ : ६ : ४)

इसलिए कहा है–

"कह, मेरे शरण के प्रलोभनों में मैं तेरी शरण (आया) हूँ" (२३ : ६ : ५)

काम करा चुकने पर शैतान क्या चाहता है, यह इस वाक्य में हैं–

"काम समाप्त हो जाने पर शैतान ने कहा–निस्संदेह तुमसे ईश्वर ने ठीक प्रतिज्ञा की थी और मैंने तुमसे प्रतिज्ञा की, फिर तोड़ दी, मेरा तुम पर अधिकार नहीं, इसके सिवाय कि मैंने पुकारा और तुमने (मेरी बात) स्वीकार की। सो, मुझे दोष मत दो, अपने आपको दोष दो। मैं न तुम्हारा सहायक हूँ और न तुम मेरे सहायका।" (१४ : ४ : १)

इब्लीस का स्वर्ग से निकाला जाना

शैतान भूमि ही तक नहीं, आकाश तक का धावा मारते हैं। कहा है–"निस्सन्देह हमने आकाश में बुर्ज बनाये और देखने वालों के लिए उसे सँवारा और सब दृष्ट शैतानों से उसकी रक्षा की, उसके अतिरिक्त कि जिसने सुनने के लिए चोरी की, फिर प्रत्यक्ष तारा ने उसका पीछा किया।" (१५ : २ : १-३)

यद्यपि शैतान को आकाश की ओर जाना मना है, किन्तु चोरी से कभी-कभी कोई छिपकर आकाश की बात जानने के लिए चला जाता है, यही आकाश के टूटते तारे या उल्का हैं।

शैतान के अनुयायी मनुष्यों का लक्षण इस प्रकार कहा है–

"मनुष्यों में जो बिना जाने परमेश्वर के विषय में विवाद करते हैं, (वह) सब बागी शैतान का अनुगमन करते हैं।" (२२ : १ : २)

शैतानों के सरदार 'इब्लीस' का स्वर्ग से निकाला जाना क़ुरान में इस प्रकार वर्णित है–

"जब हमने तुम्हें पैदा किया, फिर तुम्हारी सूरत गढ़ी, फिर 'फरिश्तों' से कहा– 'आदम' को दण्डवत् करो, तो उन्होंने दण्डवत् की, किन्तु 'इब्लीस' प्रणाम करने वालों में न था।"

दुष्ट शैतान

"(परमेश्वर ने) कहा–जब मैंने तुझे आज्ञा दी, तो किसने तुझे मना किया?"

"(इब्लीस) बोला–मैं उससे अच्छा हूँ, मेरी उत्पत्ति अग्नि से, और उसकी मिट्टी से।"

(परमेश्वर ने) कहा–निकल जा इस (स्वर्ग) से, क्योंकि यह ठीक नहीं कि तू इसमें रह कर गर्व करे, सो निकल, तू क्षुद्र है।

(इब्लीस) बोला–देखना, तब तक मुझे, जिस दिन यह (मनुष्य) उठाये जायेंगे।

(परमेश्वर ने) कहा–निस्सन्देह, तू प्रतीक्षा करने वाला है।

"(इब्लीस) बोला–यतः तूने मुझे भरमाया, अतः अवश्य मैं उनके (भटकने के) लिए तेरे सीधे मार्ग पर खड़ा रहूँगा, फिर मैं जरूर उनके सामने, पीछे, दाहिने, बायें से आऊँगा और उन (मनुष्यों) में से बहुतों को तू कृतज्ञ न पायेगा।" (७ : २ : ११ : १७)

दुष्ट शैतान का इतना भय है कि कहा गया है–

"जब तुम 'क़ुरान' को पढ़ो, तो दुष्ट शैतान से (रक्षा पाने के लिए) ईश्वर की शरण माँगो।" (१६ : १३ : ९)

ऊपर 'फ़रिश्तों' और 'शैतान' के वर्णन पढ़ने पर भी जिज्ञासा हो सकती है जिस प्रकार परमेश्वर के अनेक लक्षण वर्णित किये गये हैं, वैसे जीव का लक्षण क्या बतलाया गया है, किन्तु यही प्रश्न उस समय भी लोग 'महात्मा मुहम्मद' से करते थे, जिसका उत्तर 'क़ुरान' में निम्न शब्दों को छोड़कर और कुछ नहीं दिया गया–

"कुलरुहु मिनम्रि रब्बी"

(कह, कि जीव, मेरे परमेश्वर की आज्ञा से है।)

सप्तम विन्दु

सृष्टि, कर्मफल, स्वर्ग, नर्क

ईश्वर आदि अदृष्ट पदार्थों का वर्णन छठे विन्दु में हो चुका। अब यहाँ मनुष्य के कर्म और उसके परिपाक के साधन सृष्टि, स्वर्ग आदि का वर्णन किया जाता है। सृष्टि से उसके सृजनहार का अनुमान होता है, जैसे कार्य से उसके कारण का। व्यवस्था की विचित्रता, रचना की विचित्रता, सौन्दर्य आदि गुणों की अधिकता से, जगत् किसी असाधारण शिल्प-चतुरता से पूर्ण शक्ति का बनाया हुआ है। कोई-कोई दार्शनिक सृष्टि को भ्रमात्मक कहकर परमार्थ में उसकी सत्ता के इन्कारी होते हैं, किन्तु 'क़ुरान' ऐसे जगत् के मिथ्या होने को स्वीकार नहीं करता। कहा है—

"आकाश, पृथ्वी और जो कुछ उनके मध्य में हैं, इन सबको मिथ्या नहीं, एक निर्दिष्ट उद्देश्य से उत्पन्न किया गया है।" (४६ : १ : ३), (४४ : २ : ९), (४५ : ३ : १)

संसार की तुच्छता का वर्णन उसकी अस्थिरता के कारण है। संसार में ही स्वर्गादि स्थान नित्य हैं, इसलिए उनका प्रलोभन सत्कर्मियों को स्थान-स्थान पर दिया गया है। संसार और संसार की वस्तुएँ ईश्वर के अनुग्रह की इच्छा का निदर्शन (नमूना) भूत हैं। इसीलिए बहुत जगह ईश्वर की कृतज्ञता के भार से नम्र होने का उपदेश किया गया है।

सृष्टि

"क्यों नहीं परमात्मा पर विश्वास करते, तुम मृतक थे, फिर उसने तुम्हें जिलाया, और फिर मारता है, तदनन्तर जिलायेगा, अन्त में उसके पास ही जाओगे। वह जिसने

तुम्हें और जो कुछ पृथ्वी में है, सबको उत्पन्न किया, फिर आकाश पर चढ़ा और उसे सात आकाशों में विभक्त किया। वह निस्सन्देह सब वस्तुओं का ज्ञाता है।" (२ : ३ : ८-९)

पुनश्च–

"वह जिसने तुम्हारे लिए नक्षत्रों का निर्माण किया कि जिससे जंगल, समुद्र और अन्धकार में रास्ता पायें। वह जो आकाश से जल गिराता है, फिर उससे सारी उद्भिद्यमान वस्तुएँ निकलीं। उससे मैं (प्रभु) ने वनस्पति निकाली, फिर उससे संयुक्त फलों को उत्पन्न करता हूँ, कितने ही खजूर की बाल में लटकते हैं, अनुपम और सोपम अंगूर, अनार और जैतून के उद्यान। जब वह फलते और पकते हैं तो उनके फलों को देखो। इसमें ही विश्वासी जातियों के लिए प्रमाण हैं।" (६ : १२ : ३,५)

अपरञ्च–

"क्या तू नहीं देखता, परमेश्वर ही ने जल उतारा, फिर उससे अनेक प्रकार के फल और पर्वतों में श्वेत, रक्त, अति कृष्ण आदि अनेक वर्ण की उपत्यका उत्पन्न हुई। कीड़े, पशु और मनुष्यों में बहुत प्रकार के वर्ण वाले प्राणी हैं। इस प्रकार के ज्ञान वाले भगवान् से डरते हैं। परमेश्वर निस्सन्देह क्षमाशील और बलिष्ठ है।" (३५ : ४ : १,२)

ईश्वर की 'कृपा-कटाक्ष' द्वारा मनुष्यों का कोटि-कोटि उपकार हो रहा है, इसलिए उससे कृतघ्न होना ठीक नहीं।

'कुरान' में वर्णित जगत् की उत्पत्ति, उसके दो शब्दों के अर्थ से भली प्रकार विदित हो सकती है। वह है 'कुन् फ-यकून' (हो, फिर होता है। भगवान ने कहा– 'हो', फिर यह जगत् हो जाता है। उपादान आदि कारणों का कोई झगड़ा नहीं है। सर्वशक्तिमान् होने से उसने बिना उपादान कारण ही के जगत् बना डाला। इस प्रकार असद् से सद् की उत्पत्ति ही 'कुरान' प्रतिपादित सृष्टि है। 'यहूदी और ईसाई धर्म' में भी यही सृष्टि-विषयक सिद्धान्त स्वीकार किया गया है। उनके विचार में, यदि दूसरे प्रकार से माना जाए, तो ईश्वर शक्तिमान नहीं रह सकता। किसी को सन्देह हो कि क्या जाने अभिन्न निमित्तोपादानता (वह निमित्त और वही उपादान कारण है) को स्वीकार करते हो, किन्तु इस बात को इस वाक्य ने ही स्पष्ट कर दिया जिसमें कहा है 'न वह उत्पादक है और न वह उत्पन्न हुआ है।' यहाँ उपादान कारण से जगत् उत्पन्न करने में भगवान्

की उत्पादकता का निषेध है, न कि बिना उपादान ही असत् से। उनका कहना है, यदि वह स्वयं उपादान कारण है तो निर्विकार नहीं रह सकता, यदि उसे अन्य उपादान कारण की अपेक्षा है तो सर्वशक्तिमान् नहीं रहता।

जहाँ-तहाँ सृष्टि-विषय को यहाँ संक्षेप में उद्धृत किया जाता है।

उत्पादन कारण के बिना सृष्टि

१. "क्या अविश्वासियों (नास्तिकों) ने नहीं देखा, आकाश और पृथ्वी पहले ढकें थे, फिर हमने उन दोनों को उघाड़ा और पानी से सारे प्राणियों का निर्माण किया। आकाश को सुरक्षित छत बनाया, वह उसके प्रमाण हैं, किन्तु (वे) विश्वास नहीं करते, जिसने रात, दिन, चन्द्र, सूर्य को बनाया, (जो कि) सारे आकाश में परिक्रमा देते हैं। पूर्वजों में से भी किसी को अमर नहीं बनाया, यदि तू (मुहम्मद) मरे तो क्या वह (नास्तिक) अमर हैं। सारे प्राणी मृत्यु के स्वाद रूप हैं।" (२१ : ३ : १, ३-५)

२. "वह जो ईश्वर–जिसने आकारों को खम्भा बिना उठाया। देखो उसे, फिर वह चढ़ा 'अर्श' पर, चन्द्रमा और सूर्य को वश में लाया। सभी एक निर्दिष्ट काल में चलते हैं, वह कर्म की योजना करता है और प्रमाणों का विस्तार; कदाचित् (लोग) अपने प्रभु के मिलने पर विश्वास करें। वह जिसने पृथ्वी को विस्तृत किया और उसमें भार, नदी, सारे फल–दो-दो जोड़े (बनाये)। वह रात और दिन को ढाँकता है। विचारवान् जातियों के लिए यहाँ उपदेश है।" (१३ : १ : ३, ४), (५७ : १ : ४)

सृष्टि

३. 'मैंने पंख से ही मनुष्य को बनाया। उससे पहले प्रज्वलित अग्नि से जान्न (जिन्न) उत्पन्न किये।' (१५ : ३ : १, २)

४. 'मनुष्य को बिन्दु से सिरजा।' (१६ : १ : ४)

५. 'जिसने छः दिनों में पृथ्वी, आकाश और जो कुछ उनके भीतर है, निर्माण किये, फिर स्वर्ग पर चढ़ा।' (२५ : ५ : १५)

६. 'धन्य है, जिसने आकाश में शिखर, वह प्रकाशक चंद्र और प्रदीपों को सिरजा।' (२५ : ६ : २)

७. 'सिकंदर पश्चिम दिशा में चला गया, यहाँ तक कि उसने सूर्य के अस्त होने के (उस) स्थान को पा लिया जहाँ सूर्य एक कीचड़ वाली नदी में डूब जाता है और उसके पास में (उसने) किसी एक (मानव) जाति को पाया।' (१८ : ११ : ४)

न्याय-दिन (क़यामत)

इस प्रकार सृष्टि का वर्णन करके, इसके बाद उसके उपभोक्ता जीवों का वर्णन किया जाता है। 'ईसाई और यहूदी' धर्मों की भाँति इस्लाम जीवों के फिर-फिर जन्म लेने को नहीं मानता। संसार में मनुष्य, पशु आदि सबके जीव प्रथम ही प्रथम शरीर में प्रविष्ट हुए। मरने के बाद उनका फिर जन्म न होगा। हाँ, प्रलय (क़यामत) अथवा पुनरुत्थान के दिन प्रत्येक जीव अपने पुराने शरीर के साथ जी उठेगा। उसी दिन उसके शुभ-अशुभ कर्मों का पारितोषिक या दंड सुनाया जाएगा। संसारी प्राणी का कोई संचित और प्रारब्ध कर्म नहीं होता। जगत के भोगों की असमानता जीव के कर्म के अनुसार नहीं है, यह ईश्वर की इच्छा है। अपने-अपने कर्मों का फल मनुष्य ही पायेंगे, पशु-पक्षी नहीं। मनुष्य की आवश्यकता की पूर्ति के लिए ईश्वर ने उन्हें बनाया है। उस निर्णय-दिन और उसके निर्णय के विषय में 'क़ुरान' में निम्नलिखित भाव हैं–

१. "जिसने पुण्य कर्म किया-वह अपने लिए, जिसने पाप कर्म किया-वह अपने लिए। तेरा ईश्वर किसी सेवक के साथ अन्याय नहीं करता।" (४४ : ६ : २)

२. "उस दिन न मित्र, किसी मित्र के सहायक होंगे और न वह सहायक पाये (होंगे)।" (४४ : २ : १२)

३. "प्रभु कणिका मात्र भी किसी पर अन्याय नहीं करता। यदि पुण्य है तो उसको दूना कर देता है, (और) अपने पास से बड़ा फल देता है।" (४ : ६ : ७)

४. "उस दिन कोई दूसरे का भार नहीं उठायेगा। यदि बहुत भार से टूट जाता, कोई पुकारे तो उससे कुछ (लेकर कोई) न ढोएगा, चाहे सम्बन्धी ही क्यों न हो।" (३५ : ३ : ४), (३९ : १ : ६)

कर्म-भोग

५. "जो कुछ उन्होंने अर्जन किया, अवश्य सब प्राणी उसका फल पाएंगे, वह अन्याय से पीड़ित न होंगे।" (४५ : १ : १)

६. "मेरे लिए मेरा कर्म, तुम्हारे लिए तुम्हारा कर्म, जो कुछ मैं करता हूँ, तुम उससे निर्मुक्त हो, जो तुम करते हो, उससे मैं मुक्त हूँ।" (११ : ५ : १)

इन वाक्यों से अवश्यमेव भोक्तव्यं कृतं कर्म शुभारंभ' यही सिद्धांत निकलता है, किन्तु पश्चात्ताप (तौबा) और प्रेरित की सिफारिश से भी पाप का क्षमा होना इस्लाम में माना गया है—

"यह जो अपने सेवकों से पश्चाताप को स्वीकार करता है, पापों को क्षमा करता है और जानता है कि जो कुछ तुम करते हो।"

इत्यादि वाक्य पश्चात्ताप से पाप के क्षमा होने के सिद्धान्त के प्रमाण हैं। एक जगह कहा है—

"डरो उस दिन से, जब एक जीव दूसरे जीव के कर्म को न बदल लेगा और न सिफारिश स्वीकार होगी, न उसके बदले में लिया जायगा और न वह सहायता पाये हुए होंगे।" (२ : ६ : २)

यद्यपि यह वाक्य बतलाता है कि किसी की सिफारिश स्वीकृत न होगी, किन्तु तो भी 'सिफारिश से पापमोचन' इस्लाम में प्रायः सर्व-तन्त्र-सिद्धान्त है, परन्तु कुरान में इस सिद्धान्त का प्रतिपादक कोई भी स्पष्ट वाक्य नहीं है।

स्वर्ग

मनुष्य का यह जन्म सर्वप्रथम और अन्तिम है। इस जन्म में फलभोग सम्भव नहीं। मरने पर पुण्यात्मा स्वर्ग को, पापी नर्क को, किसी-किसी के मत में दोनों की समानता वाला 'एराफ़' (इअराफ) को जाता है, जिस प्रकार पुराणों में अनेक प्रकार के सुख-भोगों से परिपूर्ण स्वर्गलोक वर्णित है, वैसा ही यहाँ पर भी है, जैसे वहाँ नन्दनकानन को सौन्दर्य की खान अप्सराएँ अलंकृत करती है, वैसे ही यहाँ भी 'जन्नत' के उद्यान को शोभा-राशि 'हूर' आनन्दमय बनाती हैं। 'कुरान' में विश्वासियों (मुसलमानों) को उनके शुभ-कर्म के फलस्वरूप स्वर्ग का अत्यधिक वर्णन है। उनमें से थोड़ा-सा यहाँ उद्धृत किया जाता है—

१. "शुभ कर्म करने वाले विश्वासियों को शुभ-संदेश सुना—उनके लिए उद्यान (बाग़) है, उससे नीचे नहरें बहती हैं, सारे अच्छे फल वहाँ लाये गये हैं। (स्वर्ग वाले) उन लोगों को, जैसा कि पहले (कहा गया था), वैसा ही यह उपहार दिया है। उसमें

उनके लिए सुन्दर (स्त्रियाँ हैं) और वह (पुण्यात्मा लोग) सर्वदा वहाँ के निवासी (होंगे)।" (२ : ३ : ५)

२. "उस दिन स्वर्ग वाले कार्य में आसक्त संलाप करते हैं। वह और उनकी स्त्रियाँ छाया में तकिया लगाये तख्तों पर बैठी (होंगी)। वहाँ उनके लिए अच्छे फल और जो कुछ वह चाहते हैं, (वर्तमान होगा)।" (३६ : ४ : ५-७)

३. "स्वर्ग के ऐश्वर्यों में तख्तों पर आमने-सामने (बैठे हैं)(लड़के) सुन्दर शराब के प्याला लिए घूमते हैं। वह (शराब) श्वेत वर्ण और पीने वालों के लिए सुस्वादु है। उससे सिर नहीं चकराता और न उससे मतवाले होते हैं। उनके पास नीचे को दृष्टि रखने वाली विशालनेत्रा (स्त्रियाँ हैं)। (उनके नेत्र) मानो छिपे अंडे है।" (३७ : २ : २०-२६)

४. "उन (विश्वासियों) के लिए खुले द्वार वाला रहने का बाग है। बहुत प्रकार के स्वादु फल और शराब उनके पास आते हैं। उनके पास नीचे दृष्टि वाली समान-वयस्का (स्त्रियाँ) है।" (४८ : ४ : १२-१४)

५. "तुम और तुम्हारी पत्नियाँ सादर उद्यान में प्रवेश करो। उन (स्वर्गीयों) के पास सुनहली थाली (तस्तरी) और प्याले (लिए लड़के घूमते हैं), वहाँ सब कुछ है जो कुछ चाहिए और जो कुछ नेत्रों को अच्छा प्रतीत होता है। तुम लोग सर्वदा वहाँ के वासी (रहोगे)। यह वही उद्यान है जिसे तुमने उसके बदले पाया है, जो कुछ कि तुम करते थे। तुम्हारे लिए वहाँ बहुत से स्वादु फल हैं, उनमें से खाओ।" (४३ : ७ : ३-६)

६. "उद्यान का वृत्तान्त जो उनके लिए प्रतिज्ञात है, वहाँ दुर्गन्धरहित जल की नहरें, दूध की नहरें हैं, जिनका स्वाद नहीं बदलता, शराब की नहरें जो पीने वालों को स्वादिष्ट है, फेनरहित मधु की नहरें है। उनके लिए वहाँ बहुत से स्वादिष्ट फल हैं।" (२६ : २ : ४)

७. "यथेच्छ खाओ, पियो, यह उसी के लिए है जो कुछ कि तुम करते थे। पाँती से रखे हुए तख्तों पर वह बैठे हैं, हमने उन्हें विशालनेत्रा, गोरियों के साथ ब्याह दिया और हमने इच्छानुकूल मांस और सुन्दर फलों से उपकृत किया। प्याले खींचते हैं, उनमे न पाप की ओर प्रेरणा है, न नशा। उनमें सीप में रक्खे मोतियों के समान बालक घूमते हैं।" (५२ : १ : १९-२०,२२-२४)

८. "सरहद वाली बेर (वृक्ष) के पास, वहाँ वासोद्यान है।" (५३ : १ : १५,५६)

९. "प्रभु के विरोध में खड़े होने से डरने वालों के लिए दो बाग़ हैं। फिर० (हे नास्तिको, मनुष्य और जिन्नो) तुम कौन-कौन से भगवान् के प्रसादों को झुठलाओगे? जहाँ बहुत-सी शाखाएँ हैं। फिर० उन दोनों (बागों) में दो झरने झरते हैं। फिर, उनमें नाना प्रकार के सारे अच्छे फल है। फिर०, तकिया लगाये कोमल तूम-शैय्या पर बैठे हैं, दोनों बागों में फल लटक रहे है। फिर०, वहाँ मनुष्यों और जिन्नों से न छुई गई नीचे दृष्टि वाली रमणियाँ हैं। फिर०, वह लाल और 'मूँगा' की भाँति है। फिर०, उनमें दो गर्म पानी के सोते हैं। फिर०, वहाँ अच्छे-अच्छे फल खजूर और अनार है। फिर०, सब उद्यानों में परिशुद्ध सुन्दरियाँ है। फिर०, (वह) संयमयुक्त, गौरवर्ण वाली, शामियानो में हैं। फिर०, वहाँ तकिया लगाये हरे चंदवे के नीचे बैठे हैं और वहाँ कोमल, बहुमुल्य बिछौने भी हैं। फिर०। " (५५ : ३ : ४६-७७)

१०. "(उस) ऐश्वर्यशाली उद्यान में! आमने-सामने तकिया लगाये बैठे हैं। उनमें घूमते है, सदा बसने वाले बालक, तस्तरी, प्यालों और घड़ों के साथ। (शराब वहाँ की) न सिर चकराती है, न उसमें नशा है। इच्छानुकूल अच्छे-अच्छे फल। उड़ते हुए पक्षियों के रुच्यनुकूल मांस। सीप में रखे मुक्ता-फल के सदृश विशालनेत्रा गोरियाँ। वहाँ झूठ और चुगुली सुनने में नहीं आती, किन्तु 'सलाम', 'सलाम' (शान्ति, शान्ति)। दक्षिण की ओर रहने वाले दक्षिणी कैसे हैं, कण्टकरहित बेर के वृक्ष के नीचे, नीचे-ऊपर केला है, फैली छाया है, जल सींचा है, बहुत से अच्छे फल हैं (जो) न टूटे हैं, न निषिद्ध। ऊँचे बिछौने हैं। एक समय उठी हुई, समान-वयस्का (एक आयु वाली) उन कुमारियों को मैंने दाहिनी तरफ वालों के लिए बनाया है।" (५६-१ : १२,१५-२३,२४-३१ ३२-३८)

नर्क

११. "सुनहले मोती वाले कंकणों से आभूषित वासोद्यान में प्रवेश करेंगे और वहाँ उनका वस्त्र रेशमी (होगा)।" (३५ : ४ : ७)

उपर्युक्त वाक्यों से 'कुरान' प्रतिपादित स्वर्ग का अनुमान हो सकता है। किन्ही-किन्हीं आधुनिक व्याख्याताओं का मत है कि यह सब वाक्य 'जार्डन' आदि नदियों से सुसिंचित 'यमन' आदि प्रदेशों पर मुसलमानी विजय के लिए भविष्यवाणी है, किन्तु यह मत न प्राचीन भाष्यकारों द्वारा अनुमोदित है और न यह सारे सामान वहाँ

के लिए घटित होते हैं। वह बीसवीं शताब्दी के अनुकूल इसे बनाना चाहते हैं, किन्तु ऐसी भविष्यवाणियों ही पर कहाँ बीसवीं शताब्दी विश्वास करती है। अस्तु, कुछ थोड़े से नवीन विचार वालों को छोड़कर सारा इस्लामी संसार उपर्युक्त प्रकार का ही स्वर्ग मानता है। स्वर्ग ऐसी अदृष्ट वस्तु वस्तुतः कल्पना की सीमा के बाहर की है, उसमे ईश्वरीय आदेश ही प्रमाणभूत है।

स्वर्ग में जिस प्रकार आनन्द-सागर तरंगें मार रहा है, नर्क में वैसे ही विपत्ति की ज्वाला धायँ-धायँ जल रही हैं। 'क़ुरान' में अनेक स्थानों पर स्वर्ग-वर्णन के पास-पास नर्क का भी वर्णन आया है, जिससे कि पापी पाप करना छोड़ अच्छा कर्म करने वाले बने और निर्णय के दिन नर्कअग्नि में न डालें जाएं। यहाँ कुछ नर्क-प्रतिपादक वाक्यों को उद्धृत किया जाता है—

१. "हरो उस अग्नि से जिसके ईंधन मनुष्य हैं।" (२ : ३ : ४)

२. "जिन्होंने हमारे प्रमाणों पर विश्वास नहीं किया, थोड़ी देर में हम उन्हें अग्नि में फेंक देंगे। जब उनका एक चमड़ा जल जाएगा, तो उससे दूसरा हम बदलेंगे, जिसमें (मजा चखें) कष्ट का आस्वादन करें।" (४ :८ : ६)

३ . "उसके बाद नर्क में पीब का जल पिलाया जायगा। एक-एक कुल्ला लेता है, किन्तु घोंट नहीं   सकता। उसके पास मृत्यु भी आती है, वह नहीं मरता। उसकी पीठ पर बड़ा डण्डा है।" (१४ : ३ : ४-५)

४. "उन सारे शैतान के अनुयायियों के लिए नर्क का वचन दिया गया है, उसके सात द्वार हैं, प्रत्येक द्वार में एक झुण्ड बाँटा गया है।" (१५ : ३ : १९)

५. "उसे अग्नि के समूह में डाल दें। फिर १४० हाथ लम्बी बेड़ी से बाँध दें। वह महान् परमात्मा पर विश्वास नहीं करता था। याचकों को भोजन देने में दत्तचित्त न होता था। यहाँ इसके सिवाय उसका कोई मित्र नहीं। घाव के धोये जल के सिवाय (कोई) भोजन नहीं। अपराधी छोड़ दूसरा कोई उसे नहीं खाता" (६९ : २ : २८-३४)

६. "स्वर्ग में (स्वर्गीय लोग) पूछते हैं, हे पापियों! क्यों तुम्हें नर्क में डाल दिया? बोले—हम न नमाज़ी थे, न गरीबों को भोजन कराने वाले थे। हम निर्णय-दिन को झुठलाने वाले थे। इतने ही में विश्वसनीय (मृत्यु) हमारे पास आ गयी। फिर सिफारिश करने वाले की सिफारिश कोई काम की नहीं।" (७४ : २ : ९,१०,१२-१४,१६-१८)

७. "और उत्तर वाले, कैसे उत्तर वाले? ज्वाला में, सन्तप्त जल में, धुएँ की छाँह में, (जो न शीतल है, न स्थिर) 'जकूम' वृक्ष को खायेंगे, उसके पेटों को भरेंगे, फिर उसके ऊपर गर्म जल पीयेंगे।" (५६ : २ : २-५,१३-१५)

८. "काफ़िरों के लिए आग्नेय वस्त्र बनाये गये हैं। उनके सिर पर गर्म जल डाला जाता है। उससे जो कुछ पेट में है और जो चमड़ा है, सब बह जाता है। उनके लिए लोहे के मुद्गर हैं। कण्ठ रूक जाने से वह बाहर निकलना चाहते हैं, किन्तु फिर भीतर डाल दिये जाते हैं, चखो नर्क यातना को।"

स्वर्ग-नर्क का सावधि होना

९. नर्क वाले स्वर्ग वालों से बोले–"कुछ थोड़ा-सा जल हमारे लिए फेंक दें, और जो कुछ तुम्हारे लिए परमात्मा ने दिया है (उसमें से भी)। बोले-यह दोनों नास्तिकों के लिए मना है।" (७ : ६ : ३)

स्वर्ग की रमणीयता और नर्क की भीषणता उपर्युक्त वाक्यों से भली प्रकार ज्ञात हो सकती है। नर्क और स्वर्ग दोनों का उपभोग अनंत काल के लिए होता है, यह भी बार-बार बतलाया गया है, किन्तु कहीं-कहीं उनकी अवधि ईश्वर की इच्छा के अनुसार बतलायी गयी है, यथा–

"जिन्होंने पुण्याचरण किया, जब तक आकाश और पृथ्वी हैं, वह सर्वदा स्वर्ग के वासी होंगे, किन्तु यदि तेरा स्वामी चाहे, (उस स्वामी का) प्रसाद असीम है।" (११ : ९ : १३)

"वे जिन्होंने पापाचरण किया, नर्काग्नि उनके लिए है, वहाँ चिल्लाहट और आर्तनाद है। जब तक आकाश और पृथ्वी हैं, वह वहाँ सदा (रहेंगे), किन्तु यदि तेरा प्रभु चाहे, तो जो चाहे वह कर सकता है।" (११: ९ : ११,१२)

यहाँ के दूसरे उद्धरण को लेकर कितने ही लोग नर्क को सान्त मानते हैं, किन्तु स्वर्ग को अनन्त ही मानते हैं। वाक्यों को देखने से तो दोनों ही स्थान पर एक-ही सा भाव प्रतीत होता है।

एराफ़

स्वर्गीयों और नरकीयों को अपने-अपने स्थान से वार्तालाप करते हुए भी पहले 'कुरान' के वाक्यों में देखा गया है। इससे यह मालूम हो जाता है कि दोनों पास-पास

हैं। नर्क उत्तर तरफ और स्वर्ग दक्षिण ओर है, इसीलिए दोनों के निवासियों को भी क्रमशः उत्तरी और दक्षिणी कहते हैं। दोनों के बीच में एक दीवार है। 'कुरान' में कहा है–

"दोनों के बीच में एक ओट (या दीवार) है, उसके ऊपर मनुष्य हैं, जो प्रत्येक को उनके लक्षणों से पहचानते हैं। वे स्वर्गीयों से बोलते–तुम्हारे लिए नमस्कार है। वे स्वर्ग में प्रविष्ट नहीं हुए, वे स्वर्ग के इच्छुक हैं, जब नारकीयों की ओर (उनकी) दृष्टि पड़ी, बोले–हे मेरे स्वामी, हमें अपराधी लोगों के साथ न करा।" (७ : ५ : ७,८)

इसी बीच की ओट या दीवार को 'एराफ' (इअराफ) कहते हैं और इस पर के रहने वाले अस्हाबि-इअराफ या 'एराफ' वाले कहलाते हैं। वे नर्क-स्वर्ग दोनों में से एक की भी योग्यता न रखने के कारण यहीं निवास करते हैं।

कर्मों के अधीन स्वर्ग, नर्क हैं–यह ऊपर कहा गया है। कर्मों के भोगने में जीव परतन्त्र हैं, यह सर्वसम्मत है, किन्तु 'कुरान' में अनेक वाक्य ऐसे हैं, जिनसे जीव की कर्म करने में भी परतंत्रता झलकती है, जैसे–

पुनर्जन्म

"ईश्वर जिसे मार्ग पर (चलने की) प्रेरणा करता है, वह मार्ग (होता है), जिसे भटकाता रहता है।" (७ : २२ : ७)

"ईश्वर ने उन (काफ़िरों) के दिलों पर, उनके कानों पर मुहर कर दी, उनकी आँखों पर पर्दा है, उनके लिए बड़ी यातना है।" (२ : १ : ...)

"उनके दिल में रोग है, उसे भगवान् ने और भी बढ़ा दिया।" (२ : १ : ....)

"भगवान् जिसे चाहता है, मार्ग पर लगाता है, जिसे चाहता है भटकाता है।"

मृत्यु भी भगवान् के अधीन है–

"कोई भी जीव परमेश्वर की आज्ञा में लिखित अवधि के विरुद्ध नहीं मरता।" (३ : १५ : २)

एक स्थान पर इस प्रकार भी कहा है–

"जो उसकी इच्छा का अनुसरण करता है, प्रभु उसे शान्ति-मार्ग बतलाता है। अपने आदेश से अन्धकार से प्रकाश की ओर भेजता है, उसे सीधे मार्ग पर चलाता है।" (५ : ३ : ५)

हिन्दी-धर्मवालों (जैन, बौद्ध, ब्राह्मणधर्मी) ने जिस प्रकार अन्याय-रूपी दोष-पात्र होने के कारण अनेक जन्मों को स्वीकार किया है, वैसे यद्यपि सारे मुसलमानों का मत नहीं है, किन्तु तो भी इस्लाम में ऐसे भी सम्प्रदाय हैं, जो पुनर्जन्म मानते हैं। संसार-प्रसिद्ध कवि-दार्शनिक महात्मा 'रूमी अपनी 'मस्नुई' में लिखते हैं–

"हम् चूँ सब्जा बारहा रोईद अम्।
हफ्त सद् हफ्ताद कालिब् दीद अम्॥
(मैं उगा नव सस्यवत् कितनी ही बार।
सात सौ सत्तर शरीरें देख लीं ॥)

इस सिद्धान्त के मानने वाले 'कुरान' के इस वाक्य को साक्षी रूप में उपस्थित करते हैं–

"जिस पर परमेश्वर कुपित हुआ, उनमें से कुछ को वानर और सुअर बना दिया।" (५ : ९ : ४), (७ : २१ : ३)

यहाँ एक प्राचीन जाति के पापी लोगों का प्रभु के प्रकोप से मनुष्य से पशु हो जाना कहा गया है। जीवों के कर्मों के परिपाक के साधन नर्क-स्वर्ग की विवेचना करके आगे 'कुरान' के मुख्य-मुख्य सिद्धान्त लिखे जायेंगे।

अष्टम विन्दु

धार्मिक कर्त्तव्य

"रज्जैतु लकुमुल्-इस्लाम दीना।" (तुम्हारे लिए मैंने इस्लाम को 'दीन' पसन्द किया) (५ : १ : ३)

"इस्लाम धर्म परमेश्वर की ओर से है।" (३ : २ : १०)

"इस्लाम में पूरा प्रविष्ट हो।" (२ : २५ : १२)

उपर्युक्त वाक्यों में 'क़ुरान' प्रतिपादित धर्म का नाम 'इस्लाम' आया है। 'इस्लाम' का शब्दार्थ शान्ति अथवा शान्ति-क्रिया है। 'इस्लाम' के मानने वाले 'मुस्लिम' कहलाते हैं, जिसका बहुवचन 'मुसलमान' है। यद्यपि शब्द 'मुसलमान' अरबी भाषा के अनुसार बहुवचन न हो, द्विवचन है, किन्तु भारत में मुसलमानी काल में 'फ़ारसी' भाषा का बहुत प्रचार था, इसलिए फ़ारसी का बहुवचन वाला 'आन' प्रत्यय लगाकर इसे भी बहुवचन समझा गया। 'इस्लाम' के अतिरिक्त अन्य धर्मों के विषय में कहा है–

"जिसने 'इस्लाम' से भिन्न धर्म को स्वीकार किया, कदापि वह स्वीकृत न होगा और वह अन्त्य-दीन में घाटा उठाने वाला है।" (३ : ८५)

यहाँ यदि 'इस्लाम-धर्म' से शान्ति-धर्म समझा जाय, तो इसकी सच्चाई में कोई सन्देह नहीं हो सकता। यही लेना भी चाहिए। द्वितीय विन्दु में हम लिख आये हैं कि 'इस्लाम' संसार भर के ऋषि-वाक्यों को आदर की दृष्टि से देखता है। अतः उसमें

साम्प्रदायिक संकीर्णता होना उसके योग्य नहीं, किन्तु इस तथ्य को समझने के लिए बहुत कम ने चेष्टा की है।

इस्लाम के सिद्धान्त

अरबी के 'मजहब' और 'दीन' शब्द जिस अर्थ में प्रयुक्त है, उसे अंग्रेजी का 'Religion' (रिलीजन) शब्द तो अवश्य व्यक्त कर सकता है, किन्तु 'संस्कृत' या 'हिन्दी' में उनका पर्यायवाची कोई एक शब्द नहीं मिलता। यद्यपि 'पन्थ' शब्द ठीक 'मजहब' शब्द के ही धात्वर्थ को प्रकाशित करता है, किन्तु जिस प्रकार 'धर्म' शब्द अतिव्याप्त है, उसी प्रकार यह अव्याप्ति-दोषग्रस्त है। इस निबन्ध के वर्णानुसार जो मार्ग मनुष्य के ऐहिक और आयुष्मिक श्रेय की प्राप्ति के लिए अनुसरण करने योग्य है, वही 'इस्लाम पन्थ', धर्म या सम्प्रदाय है। आसानी के लिए हम प्रायः 'पन्थ' शब्द ही को इसके लिए प्रयुक्त करेंगे। हर एक पन्थ में दो प्रकार के मन्तव्य होते हैं। एक विश्वासात्मक, दूसरा क्रियात्मक। नीचे दोनों प्रकार के इस्लामी मन्तव्यों को 'कुरान' के शब्दों ही में उद्धृत किया जाता है–

"यह पुण्य नहीं कि तुम अपने मुँह को पूर्व या पश्चिम की ओर कर लो, पुण्य तो यह है–परमेश्वर, अन्तिम दिन, देवदूतों, पुस्तक और ऋषियों पर भद्धा रखना, धन को प्रेमियों, सम्बन्धियों, अनाथों, दरिद्रो, पथिकों, याचकों और गर्दन बचाने वालों के लिए देना, उपवास (रोजा) रखना, दान देना, जब प्रतिज्ञा कर चुके तो अपनी प्रतिज्ञा को पूर्ण करना, विपत्तियों, हानियों और युद्धों में सहिष्णु (होना), (जो ऐसा करते है) वही लोग सच्चे और संयमी हैं।" (२ : २२ : १)

भ्रातृभाव

अन्यत्र विश्वासात्मक सिद्धांतों को और भी स्पष्ट किया है–

"हे विश्वासियों (मुसलमानों)! परमेश्वर, उसके प्रेरित और जो पुस्तक उसके प्रेरित पर और उससे पहले उतरी, इन सब पर विश्वास रखो, जो परमेश्वर, उसके दूत, उसकी पुस्तकों, उसके प्रेरित और अन्तिम-दिन पर विश्वास नहीं रखता, अवश्य वह (सच्चाई से) अति दूर भूला है।" (४ : २० : २)

जिस प्रकार ऊपर के वाक्य में पूर्व-पश्चिम मुँह घुमाने मात्र को धर्म न ठहरा विश्वास आदि पर भी बल दिया गया है, उसी प्रकार निम्न वाक्यों में निरे-विश्वास को पर्याप्त न समझ शुभकर्मों का विधान किया गया है।

"निरसन्देह जिन्होंने विश्वास किया और अच्छा काम किया, प्रार्थना (नमाज़) को जारी रखा और दान दिया, उनके लिए उनके ईश्वर से फल है, उन पर भय नहीं, और न वह शोकाकुल होंगे।" (२ : ३८ : ४)

दान-धर्म के बारे में एक स्थान पर आया है–

"जब तक अपनी प्रिय वस्तु में से न खर्च करो, पुण्य को नहीं पा सकते।" (३ : १० : १)

उपर्युक्त सिद्धान्तों के अतिरिक्त एक और बात है जिसे 'इस्लाम' बड़े बल से प्रचारित करता है,

वह है–भ्रातृभाव ।

"अवश्य सारे मुसलमान भाई हैं। अतः मिला दो (परस्पर लड़ते) भाइयों को। ईश्वर से डरो, कदाचित तुम दया के पात्र बनाये जाओ।" (४९ : १ : १०)

इस्लाम का इतिहास भी बतलाता है कि उसने अपने इस वचन का बहुत कुछ पालन किया है। स्वयं महात्मा 'मुहम्मद' ने अपनी फूफी की लड़की, दास 'जैद' को ब्याह दी। आज भी जो 'हब्शी' संसार में अछूत गिने जाते हैं, उन्हीं की जाति का 'बलाल' महात्मा का अत्यन्त प्रेमपात्र तथा 'इस्लाम' के प्रतिष्ठित पितामहों में गिना जाता है। भारतवर्ष ही में दास 'कुतुबुद्दीन' को 'गौरी' ने कितने ऊँचे सम्मान का भाजन बनाया, यों तो ऊँच-नीच भाव से पूर्ण भारत के वायुमण्डल में आकर भला मुसलमान कोरे क्योंकर रह सकते थे। आखिर उन्होंने भी इस देश के अनेक व्यवहारों के साथ, जात-पाँत, ऊँच-नीच विचारों को अपना ही लिया। कौन कह सकता है कि इस भाव-परिवर्तन ने मुसलमानों की शक्ति को क्षीण नहीं कर दिया? मौलाना 'हाली' ने इसी पर कहा है–

'व' बहरेहियाजाजी का बेबाक बेड़ा।
न कुल्जम् में झिझका न असवद् में अटका॥
'व' डूबा दहाने में गंगा के आकरा॥

यद्यपि भारतीय मुसलमानों में बिलकुल उसी प्रकार का भ्रातृभाव नहीं जैसा कि 'कुरान' को अभीष्ट है, तो भी इसमें सन्देह नहीं कि मुसलमानों में जितना भ्रातृभाव है, उतना दूसरों में नहीं है। जापान, ब्रह्मा, स्याम, तिब्बत आदि के 'बौद्ध' भारतीय हिन्दुओं से उसी प्रकार धर्म के बन्धन में बद्ध हैं, जैसे अन्य देशीय मुसलमानों से भारतीय, किन्तु क्या कभी वह प्रेम उनमें देखा जाता है जो काबुल, तुर्किस्तान, अरब और भारत के मुसलमानों में परस्पर पाया जाता है? क्या भारतीय हिन्दुओं ने रूस-जापान-युद्ध में अपने सहधर्मी जापानियों के साथ उसी प्रकार सहानुभूति दिखलायी जिस प्रकार मुसलमानों ने अपने धर्म-भाई तुर्कों के साथ? वस्तुतः प्रेम जीवन की वस्तु है। किसी निर्जीव या मूर्छित व्यक्ति या जाति में उसका पता मिलना कठिन है। भारत के बाहर दूर देशों में रहने वाले बौद्ध-धर्म-बन्धुओं के हृदय में पवित्र भारत के प्रति–जिसमें स्नेहमय गौतम की चरणधुलि अब भी वर्तमान है–मुसलमान भाइयों के अरब से कम प्रेम नहीं है। सहस्रों कोसों से समुद्र और पहाड़ों को फांदकर आये हुए इन तीर्थ-यात्रियों को, जिन्होंने अपनी आँखों से सहस्रों की संख्या में, उरुबिल्य(बोधगया), ऋषिपत्तन, मृगदाव (सारनाथ,बनारस), कुशीनगर (कसया,गोरखपुर), लुम्बिनी (सम्मिनदेई, तराई,नेपाल) और जेतवन (सहेट-महेट, बहराइच) में देखा है, वही इस बात की साथी दे सकते हैं, किन्तु क्या हिन्दू उनके लिए कुछ भी ध्यान देते हैं? उनमें से तो कितनों को इसका भी ज्ञान नहीं कि उनके ५०-६० करोड़ धर्म-भाई भारत से बाहर भी रहते हैं, जो हमारी ही भाँति अरियधम्म (आर्य्य धर्म) और आर्य सभ्यता के भक्त हैं। उनके लिए 'बोधगया' के बराबर संसार में कोई स्थान नहीं, जिस बोधि-वृक्ष (पीपल) के नीचे पिण्डदान और प्रणाम करने से हिन्दू अपने सारे भूत पितरों को तार देते हैं, उसी के लिए संसार के बौद्ध-भिक्षु और गृहस्थ प्रातः और सायं यह श्लोक पढ़ कर सिर झुकाते हैं–

कर्त्तव्य-कर्म

यस्स मूले निसिन्नो वे सत्त्वारि विजयं अका।

पत्तो सब्बञ्ञतां सत्था वन्दे तं बोधि-पादपम्॥

(जेहि मूल में बैठे हुए सर्वारिपर विजयी हुए।

पाये प्रभू सर्वज्ञता उस बोधितरु को वन्दना॥)

धार्मिक और सांस्कृतिक सम्बन्ध के इतने दृढ़ होते हुए भी हिन्दुओं का बाहरी बौद्धजगत् से जिस प्रकार उपेक्षायुक्त नाता है, वह आश्चर्य की बात है।

संक्षेपतः इस्लाम के चार धर्म-स्कन्ध हैं–सोम (रमज़ान मास में उपवास), सलात् (प्रार्थना या नमाज़), हज्ज (काबायात्रा) और जकात् (दान) इन प्रधान (कर्मों) की पूर्ति के लिए कुर्बानी (बलिदान) आदि अंग कर्म हैं।

'हिन्दू-धर्म' में भी दो प्रकार के सिद्धान्त हैं-एक क्रियात्मक, दूसरा विचारात्मक। उपर्युक्त चार 'इस्लाम' के क्रियात्मक सिद्धांत हैं, जिस प्रकार यहाँ शास्त्रों में आपात्-अनापत्काल, देश और व्यक्ति के अनुसार कठिन विधान को सरल करने अथवा उसे सर्वथा छोड़ देने का विधान है, वैसे ही 'इस्लाम' में भी, जिस प्रकार यहाँ धर्म के लिए श्रुति, स्मृति और शिष्टाचार प्रमाण हैं, वैसे ही 'इस्लाम' में भी 'कुरान', 'हदीस' तथा 'प्रेरित मुहम्मद' और अन्य महापुरुषों के अनुष्ठान धर्म में प्रमाणभूत हैं, जिस प्रकार परस्पर विरोध में, शिष्टाचार से स्मृति बलवती एवं स्मृति से श्रुति बलवती एवं स्वतः प्रमाण है, उसका एक-एक अक्षर प्रमाणभूत है, किन्तु स्मृति श्रुति के प्रतिकूल न होने पर ही प्रमाण है। इसी प्रकार 'इस्लाम' में भी 'कुरान' स्वतः प्रमाण है। 'हदीस' उसके प्रतिकूल न होने पर और शिष्टाचार उन दोनों से अविरोधी होने पर। मीमांसकों की भांति इस्लाम के 'फिक़्रा' वेत्ताओं ने इन बातों पर बड़े-बड़े ग्रन्थ लिखे हैं। 'कुरान' में जहाँ कहीं दो परस्पर विरुद्ध विधान मिलें, वहाँ उन्हें विकल्प से समझना चाहिए, अर्थात् ईश्वरीय वाक्य होने से 'कुरान' में यथार्थ विरोध कहीं माना ही नहीं जाता। स्वयं 'कुरान' में कहा है–

धर्म में प्रमाण

"क्या 'कुरान' पर विचार नहीं करते। यदि वह ईश्वर छोड़ किसी दूसरे की ओर से होता, तो अवश्य यह इसमें अधिक (परस्पर) विरोध पाते।" (४ : ११ : ५)

श्रुति-प्रतिपादित आज्ञा की भाँति 'कुरान' की आज्ञा अनिवार्य है, किन्तु 'हदीस' के सभी विधानों पर 'इस्लाम' के सब सम्प्रदाय एकमत नहीं हैं। 'इस्लाम' में पक्के स्मार्त्त 'अहले हदीस' (हदीस वाले) कहे जाते हैं। शिष्टाचारों में महात्मा 'मुहम्मद' का आचरण सर्वोत्तम है। 'कुरान' में कहा है–

"निस्सन्देह प्रभु-प्रेरित का पवित्राचरण तुम्हारे लिए अनुकरणीय है।" (३३ : २ : १)

'कुरान-प्रतिपादित' धर्म-विधियों को छोड़कर 'हदीस' और 'शिष्टाचार द्वारा प्रतिपादित धर्म-विधियों पर सब मुसलमानों के एकमत न होने तथा विवादग्रस्त होने से हमने इस निबन्ध में सर्वथा 'कुरान' का ही आश्रय लिया है।

कर्मकाण्ड

'रोज़ा' (उपवास)

"हे विश्वासियो (मुसलमानो)! पूर्वजों के समान तुम पर भी कुछ दिनों के लिए उपवास (रखने का विधान) लिखा गया है जिसमें कि तुम संयमी हो, फिर जो कोई तुममें से रोगी हो या यात्रा में हो, तो वह बदले में एक गरीब को भोजन देवे, जो खुशी से शुभ कर्म करो तो वह लमंग है और यदि उपवास करो तो तुम्हारे लिए शुभ है, यदि तुम जानते हो।"

"रमजान का मास पवित्र है, जिनमें स्पष्ट, मार्गप्रदर्शक, मानवशिक्षक (सत्यासत्य) विभाजक 'कुरान' उतारा गया। इसलिए तुममें से जो कोई रमजान महीने को प्राप्त हो, उपवास करे।" (२ : २३ : १-३)

यहाँ 'रमजान' महीने के उपवास की विधि है तथा यह भी बताया गया है कि रोगी और यात्री को क्या करना चाहिए।

नमाज़

नमाज़ (सलात, प्रार्थना)–प्रत्येक मुसलमान का नित्य कर्म है जिसका न करने वाला पापभागी होता है। कहा है–

"सलात और मध्य-सलात के लिए सावधान रहो। नम्रतापूर्वक परमेश्वर के लिए खड़े हो। यदि खतरे में हो तो पैदल या सवार ही (उसे पूरा कर लो) पुनः जब शान्त हो तो प्रभु को स्मरण करो।" (३ : ३२ : ३-४)

'नमाज़' का स्थान 'इस्लाम' में वही है, जो हिन्दू धर्म में संध्या या ब्रह्म-यज्ञ का। यद्यपि 'कुरान' में 'पंचगाना' या पाँच वक्त की नमाज़ का वर्णन कहीं नहीं आया है, वह एक प्रकार से सर्वमान्य है। 'पंचगाना नमाज़' है–

(१) 'सलातुल्फज्ज' (प्रातः प्रार्थना) यह उषाकाल ही में करनी पड़ती है।

(२) ‘सलातु-ज्जोह्र’ (मध्याह्नोत्तर तृतीय पहरारम्भिक प्रार्थना)–यह दोपहर के बाद तीसरे पहर के आरम्भ में होती है।

(३) ‘सलातुल्-अस्र’ (मध्याह्नोत्तर चतुर्थ पहरारम्भिक प्रार्थना)–यह चौथे पहर के आरम्भ में होती है।

(४) ‘मलातुल्-मग्रिब’ (संध्या-प्रार्थना)–यह सूर्यास्त के बाद तुरन्त होती है।

(४) ‘सलातुल्-इशा’ (रात्रि प्रथमयाम प्रार्थना)–रात्रि में पहले पहर के अन्त में होती है।

इनके अतिरिक्त अधिक श्रद्धालु पुरुष, ‘सलातुल्लैल’ (निशीथ-प्रार्थना) और ‘सलातुज्जुहा’। दिवा प्रथमयाम प्रार्थना भी करते हैं, जो क्रमश: रात के चौथे पहर के आरम्भ तथा पहर भर दिन चढ़े की जाती है।

नमाज़ के लिए खड़ा होने से पहले निम्न क्रम से ‘वजू’ (अंग-शुद्धि) करनी चाहिए–

(१) दोनों कलाई धोना।

(२) दातवन या केवल जल से मुख धोना।

(३) पानी से नाक का भीतरी भाग धोना।

(४) चेहरा धोना।

(५) टेहुनी तक हाथ धोना।

(६) दोनों भीगे हाथ मिलाकर तर्जनी, मध्यमा और अनामिका से सिर पोंछना।

(३) गुल्फ पर्यन्त पैर धोना, पहले दाहिना, फिर बायाँ। सोने और पेशाब-पाखाने के बाद फिर से ‘वजू’ की आवश्यकता होती है, अन्यथा एक बार का किया ही काफी है। ‘मैथुन’ के बाद केवल ‘वजू’ से काम नहीं चलता, उस समय पूर्ण स्नान करना चाहिए। जल न मिलने पर अथवा बीमार होने पर शुद्ध सूखी मिट्टी हाथ में लगाकर सिर, मुख और करपृष्ठ पर फिरा देना चाहिए। इसे अरबी में ‘तयम्मुम्’ कहते हैं। शुद्धि के विषय में ‘क़ुरान’ इस प्रकार कहता है–

“हे विश्वासियो (मुसलमानो)! जब तक जो कुछ तुम कहते हो, उसे नहीं समझते, तुम नशे में हो अथवा यात्रा में न होने पर भी अशुद्ध हो, तब तक नमाज में न जाओ, जब तक कि तुम स्नान न कर लो। यदि रोगी या यात्री की अवस्था में मलोत्सर्ग वा स्री-स्पर्श किया और जल न मिला, तो शुद्ध मिट्टी ले उसे हाथ-मुँह पर फेरो” (४ : ७ : १)

नमाज़ के दो प्रकार हैं, जिन्हें फ़र्द (वैयक्तिक) और सुन्नत (सामूहिक) कहते हैं। 'इमाम' (नमाज़ पढ़ाने वाले अगुवा) के पीछे पढ़े जाने वाले भाग को 'सुन्नत' और अकेले पढ़े जाने वाले को 'फ़र्द' कहते हैं। समूह के साथ 'नमाज़' पढ़ने में जो किसी कारण असमर्थ हैं, उसके लिए 'सुन्नत' भी 'फर्द' हो जाती है। प्रत्येक 'नमाज़' कुछ 'रक़ात' पर निर्भर है, जितना जप करके एक बार भूमि में सिर रख नमन किया जाता है, उसे 'रक़ात' कहते हैं।

(१) सवेरे की 'नमाज़' में दो 'रक़ात' सामूहिक और दो वैयक्तिक हैं।

(२) एक बजे की 'नमाज़' अपेक्षाकृत कुछ लम्बी होती है। इसमें पहले चार या दो रक़ात वैयक्तिक, मध्य में चार 'रक़ात' सामूहिक और अन्त में दो 'रक़ात' वैयक्तिक जपने पड़ते हैं। शुक्रवार के दिन की बड़ी साप्ताहिक 'नमाज़' इसी समय पड़ती है, किन्तु इसमें चार 'रक़ात' सामूहिक के स्थान पर दो ही पढ़ना पड़ता है, बाक़ी दो के स्थान पर 'इमाम' का 'खुत्वा' या उपदेश होता है, जिसे सब लोग सावधान हो सुनते हैं।

(३) चार बजे की 'नमाज़' में चार 'रक़ात' सामूहिक पढ़ी जाती है।

(४) संध्या 'नमाज़' में चार 'रक़ात' वैयक्तिक पढ़ने के अनन्तर दो 'रक़ात' सामूहिक पढ़ना पड़ता है।

(५) नौ बजे रात को 'नमाज़' में चार 'एकांत' वैयक्तिक पुनः दो 'एकान्त' सामूहिक, पीछे फिर 'चित्र' नामक तीन-तीन 'रक़ात' वैयक्तिक पढ़ी जाती हैं। निशीथ-प्रार्थना में आठ 'रक़ात' वैयक्तिक होती हैं।

'ईद' की 'नमाज़' जो वर्ष में एक बार ही पढ़ी जाती है, में दो 'रक़ात' सामूहिक होती हैं, फिर उपदेश होता है।

यात्राकाल में सवेरे की 'नमाज़' छोड़ कर बाकी सभी नमाजों में सामूहिक 'रक़ात' भी वैयक्तिक हो जाती हैं तथा द्वितीय, तृतीय और पंचम की चार 'रक़ात' में वैयक्तिक दो ही रह जाती हैं। यदि यात्रा लगातार दिन से अधिक की हो तो सभी नमाज़ो का पढ़ना कर्तव्य है। यदि दो या इससे अधिक 'नमाज़' पढ़ने वाले हों तो उन्हें अपने में एक को 'इमाम' (नमाज़ पढ़ाने वाला अगुवा) बना लेना चाहिए।

नीचे 'नमाज़' में पढ़े जाने वाले मूल अरबी वाक्य हिन्दी-अनुवाद के साथ दिये जाते हैं–

‘नमाज़’ के समय की सूचना देने के लिए एक आदमी जिसे ‘मुअज्जिन’ कहते हैं–‘क़ाबा’ की ओर मुख करके ऊँचे स्वर से कहता है–

(१) ‘अल्लाहु-अज्बर’ (परमेश्वर अत्यन्त महान् है) [यह चार बार]

(२) ‘अशहदो अँल्ला-इलाह इल्लल्लाह’ (साक्षी देता हूँ कि परमेश्वर के सिवाय कोई पूज्य नहीं) [दो बार]

(३) ‘अशहदो अन्न मुहम्मदन् रसूलल्लाहि’ (साक्षी देता हूँ कि मुहम्मद ईश्वर का दूत है) [दो बार]

(४) ‘हय्य अलस्सालात्’ (आओ नमाज़ में) [दाहिने ओर मुँह करके दो बार]

(५) ‘हय्य अललू-फलाह’ (भलाई की ओर आओ) [बायीं ओर मुँह करके दो बार]

(६) ‘अल्लाहु अक्बर’ [दो बार]

(७) ‘ला इलाह इल्ल-ल्लाह’ (परमेश्वर के सिवाय दूसरा पूज्य या ईश्वर नहीं)

सवेरे की ‘नमाज़’ में (५) के बाद यह वाक्य कहा जाता है–“अस्सलातो खैरुन् मिनन्नौम्” (नमाज़ निद्रा से श्रेष्ठ है) [दो बार]

‘नमाज़’ के लिए खड़े होने को ‘इक़ामत’ कहते हैं। ‘इमत’ में (१) से (५) तक के वाक्यों को एक-एक बार पढ़ने के बाद इसे दो बार पढ़ते हैं–

“कैंद् क़ामतिस्सलात” (नमाज़ आरम्भ हुई) ‘ईद’ की नमाज़ में ‘अज़ान’ और ‘इक़ामत’ के स्थान पर (१) ही को सात बार पहली ‘रक़ात’ में पढ़ते हैं तथा दूसरी ‘रक़ात’–‘पवित्र माहात्म्योच्चारण’ के बाद इसे पाँच बार जपते हैं। शुक्र की ‘नमाज़’ में ‘अज़ान’ दो बार होती है। यह दूसरी ‘अज़ान’ ‘इमाम’ के उपदेश के प्रारम्भ में उसकी सूचना के लिए दी जाती है।

(१) ‘क़ाबा’ मुख हो, दोनों हाथों को कान तक उठा कर खड़े हुए ‘अल्लाहु-अकबर’ कहना।

(२) ‘क़ियामं’ (उत्थान)–बायें करपृष्ठ पर दाहिनी हथेली को रख छाती या नाभि से लगाये हुए पढ़ना–

“इन्नी बज्जह्तो’लिल्लजी फ़तररसमावाति वलू-अर्ज हमीफ़न्, व मा अना मिनल्मुश्रिकीन्। इन्नी सलातो व नुसुकी व महय़ाय व ममाती लिल्लाहि रब्बिलू-आल-मीन। ला-शरीक लहु व विज़ालिक उमिर्तु, व अना मिनल्-मुस्लिमीन्। अल्लाहुम्म

अन्तल्मलिको ला इलाह इल्ला अन्त, अन्त रब्बी व आना अब्दुक जलम्तु नफ़सी वअतरफ़्तु विज़न्बी, फ़-अग़फ़िर् जुनूबी जमीअन्, इन्नहु लायगफ़िरुज्जुनूब इल्ला अन्त, व'हदिनी अहूसनल्-असूलाक्कि ला यहदी लिअह् सनिहा इल्ला अन्त वस्निफ़ अन्नी साय्यिअहा ला यस्निफु अन्नी सय्यिअहा इल्ला अन्त।"

["एकेश्वर विश्वासी मैंने उसकी ओर मुँह किया, जो भूमि और आकाश का कारण है। मैं अनेकों ईश्वर मानने वालों में से नहीं हूँ। निस्सन्देह मेरी प्रार्थना, मेरी बलि, मेरा जीवन और मरण जगदीश्वर स्वामी के लिए है। उस (परमेश्वर) का कोई साझी नहीं, उसी से आज्ञा हुई और मैं मुसलमान हूँ। हे परमेश्वर! तू मालिक है, तेरे बिना दूसरा ईश्वर नहीं। तू मेरा स्वामी है और मैं तेरा सेवक। मैंने अपने ऊपर अन्याय किया, मैंने अपने अपराध को स्वीकार किया। तू मेरे अपराधों की क्षमा कर, निस्सन्देह तेरे सिवाय कोई अपराध क्षमा करने वाला नहीं। मुझे उत्तम आचार सिखा क्योंकि तेरे अतिरिक्त कोई उन उत्तम आचारों को नहीं सिखाता। मुझसे दुराचारों को परे हटा, क्योंकि तेरे अतिरिक्त कोई उन दोनों को हटा नहीं सकता।"]

निम्न प्रार्थना भी बहुधा की जाती है–

"सुब्हानक अल्लाहुम्म! व बिहम्दिक, व तबारक'स्मुक, व तआला, जद्तुक, व ला इलाह गैरुक, अऊजु बिल्लाहि मिनशशैतानिर्रजीम्।"

[मंगल हो तेरा हे महाप्रभो! तेरी स्तुति और तेरा नाम मंगलमय है और तेरा माहात्म्य उत्तम है, तेरे अतिरिक्त (दूसरा कोई) पूजनीय नहीं, दुष्ट शैतान से (बचने के लिए) मैं तुझ महाप्रभु की शरण लेता हूँ।]

'बि-स्मिल्लाहिर्रह्मानिर्रहीम्। अल्हम्दु लिल्लाहि रब्बिल-आलमीन्। अर्रहमानिर्रहीम्। मालिकि यौमिद्दीन्। इय्याक नअबुदु व यौमिद्दीन्। इय्याक नअबुदु व इय्याक नस्तईन्। ईहदिन् स्सिरातल्मुस्तक़ीम्। सिरातल्लज़ीन अनम्त अलैहिम्, गैरिल्मगजूबि अलैहिम् व लज्ज्वाल्लीन् 'आमीन'।

[परम कृपालु दयामय ईश्वर के नाम से (आरम्भ करता हूँ)। प्रशंसा जगदीश्वर स्वामी के लिए है, जो परम कृपालु दयालु है, जो 'न्यायदिवस' (क़यामत) का स्वामी है। (प्रभो) तेरी ही हम सेवा करते हैं और तुझी से सहायता माँगते हैं। हमें सीधे मार्ग का आदेश कर। उनके मार्ग का, (आदेश कर) जिन पर कि तूने कृपा की। उनके (मार्ग) का नहीं, जिन पर कि तेरा कोप हुआ, या जो कि पथ-भ्रष्ट हैं। एवमस्तु]

पुनः 'कुरान' का कोई कण्ठस्थ भाग जपा जाता है। विशेषकर 'सूरत' (अध्याय) 'इख्लास' जिसे हम अनुप्रास के दृष्टांत के लिए द्वितीय बिन्दु में उद्धृत कर चुके हैं।

३. तब नमाज़ी, 'अल्लाहू अकबर' कहते हुए अपने मस्तक को यहाँ तक झुकाते हैं कि हाथ टेहुने पर पहुँच जाता है, इसी को 'रुकूअ' (झुकना) कहते हैं। अब कम से कम तीन बार पढ़ते हैं–'सुब्हान' रब्बिय-ल्-अज़ीम्' (महाप्रभु का मंगल हो)। इसके बदले या इसके साथ में कोई-कोई इसे पढ़ते हैं–

"सब्हानक अल्लाहुम्म! रब्बना व बिहन्दिक अल्लाहुम्म! अग़फिज़ार् ली।" (हे महाप्रभो! तेरे लिए मंगल है, मेरे स्वामी! तेरे लिए स्तुति है, हे परमेश्वर! मुझे क्षमा कर।)

४. फिर निम्न वाक्यों का उच्चारण कर गर्दन सीधी करके खड़ा रहना होता है–

"समिअल्लाहु जिमन् हमिद" (जो उसकी स्तुति करता है, प्रभु उसे सुनता है।)

"रब्बना! व लक-ल्-हम्दु" (हे मेरे स्वामी! स्तुति तेरे लिए है।)

५. पुनः निम्न वाक्य को कम से कम तीन बार बोलते हुए 'सिज्दा' (प्रणाम) करना, अर्थात इस प्रकार प्रणाम करना कि पैर के पंजे, घुटने, दोनों हाथ और ललाट भूमि को छुएँ।

"सुब्हान रब्बियल् अअूला" (मेरे सबसे ऊँचे स्वामी के लिए मंगल हो।)

इसके साथ या बदले में निम्न वाक्य भी कहा जाता है–

"सुब्क्षानकल्लाहुम्म! रब्बना व बिहग्दिकंल्लाहुम्म!–ज्गफिर्लो" (महाप्रभो! मंगल तेरे लिए है, स्तुति तेरे लिए है, हे परमेश! त्राहि माम्!)

६. फिर 'जल्सा' अर्थात् दोनों पैर पीछे मोड़ कर बैठ जाना।

७. तदनन्तर फिर 'सिज्दा' (प्रणाम) ऊपर लिखे क्रम से करता है।

इतना हो जाने पर 'रक़ात'(नमन) पूरी होती है। अब उपासक फिर दूसरी 'रक़ात' के लिए खड़ा होता है। सब बातें ऊपर लिखे ही क्रम से अबकी बार भी करनी पड़ती हैं।

८. 'क़अदा' (बैठना) दूसरी 'रक़ात' के बाद बैठे ही बैठे निम्न वाक्य पढ़ता है–

"अत्तहिय्यातु लिल्लाहि वस्सलातु वत्तय्यिबातुस्सलामु अलैक अय्युहन्नबिय्यु व रहमतुल्लाही व बराकातुहुस्सलामु अलैना व अला इबादिल्लाहि-स्सालिहीन अश्हदू अन लाइलाह इल्लल्लाह व अश्हदु अन्न मुहम्मदन् अब्दुह व रसूलहु।" (सारी प्रार्थनाएँ, नमाजें और पवित्रताएँ ईश्वर के लिए हैं, हे नबी! (मुहम्मद!) तुझ पर शान्ति और ईश्वर की कृपा व आशीष हो। हम पर और ईश्वर के भले भक्तों पर शान्ति

हो। साक्षी देता हूँ, ईश्वर के सिवाय कोई पूजनीय नहीं और साक्षी देता हूँ कि 'मुहम्मद' उसका सेवक और दूत है।)

९. दो से अधिक 'रक्अत' पढ़ना हो, तो फिर खड़ा होकर पूर्ववत् आरम्भ किया जाता है, फिर बैठे ही बैठे निम्न प्रार्थना करता है–

'अल्लहुम्म! सल्लि अला-मुहम्मदिन्, व अला-आलि मुहम्मदिन् कमा सल्लैत अला-इब्राहीम व अला-आलि-इब्राहीम, इन्नक हमीदुन्। मजीदन्। अल्लाहुम्म! भारिक् अला-मुहम्मदिन् व अला-आलि मुहम्मदिन् कमा बारक्त अला-इब्राहीम व अलाअलालि-इब्राहिम इन्नक हमीदुन्मजीद्।' ("हे प्रभो! मुहम्मद को शान्ति दे, उसकी सन्तान को शान्ति दे, जैसे कि तूने इब्राहीम तथा इब्राहीम-सन्तति को शान्ति दी। निस्सन्देह तू ऊँची प्रशंसावाला है। हे प्रभो! मुहम्मद और उसकी सन्तान को आशीर्वाद दे, जैसे कि तूने इब्राहीम और उसकी सन्तति को दिया। निस्सन्देह तू ऊँचीप्रशंसावाला है।")

निम्न प्रार्थना और जोड़ी जाती है–

"अल्लाहुम्म! इन्नी जल्लम्तु नफ़ूसी जुल्मन् कसीरन्, व ला यग़फिरुज्जु नूब इल्ला अन्त फ़ग़फ़र्ली मग़फिरतुन् मिन् इन्दिक वहिम्री इन्नक अन्तल-ग़फ़रुर्रहीम्।"

[हे महाप्रभो! मैनें अपने पर बड़ा भारी अन्याय किया और तेरे सिवाय कोई अपराध क्षमा नहीं कर सकता। अतः मुझे अपने पास की क्षमा से माफ़ कर। तू क्षमाशील और कृपालु है, मुझ पर कृपा कर।]

अथवा इसके स्थान पर निम्न प्रार्थना–

"रब्बिलज्ञअल्नी मुक्कीमुस्सलाती व मिन जुर्रिय्यती रब्बना व तकब्बल् दुआआ रब्बन ग़फिल्री व लिवालिदिय्य न लिल् मोमिनीन यौम यकूमुल्हिसाब।" (मेरे स्वामिन्! मुझे और मेरी सन्तान को नमाज़ में खड़ा होने वाला बना। मेरी प्रार्थना स्वीकार कर। मेरे स्वामिन्! मुझे और मेरे पिता और विश्वासियों को लेखा के दिन क्षमा कर।)

१०. अन्त में दाहिनी और बाईयीं ओर मुँह फेर कर प्रति बार निम्न वाक्य कहते हुए 'नमाज़' समाप्त की जाती है–

अस्सलामु अलैकुम् व रहमतुल्लाहि। (तुम पर शान्ति और प्रभु की कृपा हो।)

कोई-कोई निम्न 'कुनूत' नामक प्रार्थना भी करते हैं–

"अल्लाहुम्म!' हदिनी फ़ीमन् हदैत व अफिनी फ़ीमन् अफ़ैत, व तवल्लनी फ़ीमन् तवल्लैत व बारिकी फ़ीमा अअतैत वक्तिनी शर्त मा कजैत फ़इन्नक तक्जी व ला युक्जा अलैक इन्नहु ला यजिल्लु माँब्बालैत तबा-रक्त रब्बना व तआलैत"।

[जिनको तूने रास्ता दिखलाया, प्रभो! मुझे उनमें मार्ग दिखा, जिन्हें तूने क्षमा की, मुझे उनमें रख, जिन्हें तूने मित्र बनाया, मुझे उनमें मित्र बना, जिनमें तूने मंगल प्रदान किया, मुझे मंगल दे, हो गये पापों से मुझे बचा। निस्संदेह तू ही निर्णय (फैसला) करता है, तेरे पर कोई निर्णय नहीं कर सकता है। सचमुच वह अकीर्तिमान् नहीं होता, जिसे तू मित्र बनाता है। मेरे स्वामिन्! तू मंगलमय और महान् है।]

उपर्युक्त के स्थान पर कोई-कोई निम्न प्रार्थना करते हैं–

"अल्लाहुम्म! इन्ना नस्तई नुक़ व नस्गम् फ़िरुक व नोमिनु बिक व नतवक्कलु अलैक व नुसिनी अलैकल्खैर व नश्कुरुक व ला नुक़फ़रुक नुखूलउ व नत्रुकु मैय्यफ़ जुरुक, अल्लाहुम्म! इय्याक नअबुटु व लक नुसल्ली व नस्जुद व इलैक नस्आ व नह फ़िदु व नर्जु रहमतक व नखुशा अजाबक बिल्कुफ फ़ारि मुल्हिक।" [हे महाप्रभो! हम तुझी से सहायता और क्षमा चाहते हैं। तेरे पर विश्वास व भरोसा करते हैं। हम तेरा शुभाह्वान करते हैं, तेरा धन्यवाद देते हैं, अस्वीकार नहीं करते, जो तेरी आज्ञा नहीं मानता, हम उसे पृथक् और त्याग करते हैं। परमेश्वर! तेरी ही सेवा करते हैं और तेरे लिए नमन–प्रणति करते हैं, तेरी ओर दौड़ते हैं, और तेज है, और तेरी कृपा की आशा रखते हैं, तेरे कोप से डरते हैं, निस्सन्देह अविश्वासियों (काफ़िरों) को तेरा कोप मिलने वाला है।]

नमाज़ का माहात्म्य स्वयं 'कुरान' में कहा गया है–

"निस्सन्देह 'सलात्' (नमाज) कुकर्म और निर्लज्जता से रोकती है, ईश्वर का स्मरण सर्वश्रेष्ठ है।" (२९ : ५ : १)

काबा

जैसे उच्च भाव और ईश्वर के प्रति प्रेम 'नमाज़' (नमस्) की उपर्युक्त प्रार्थनाओं में वर्णित है, पाठक उस पर स्वयं विचार कर सकते हैं। सांघिक 'नमाज़' का 'इस्लाम' में बड़ा मान है। वस्तुतः वह संघशक्ति को बढ़ाने वाला भी है। सहस्रों एशिया, यूरोप और अफ्रीका-निवासी मुसलमान जिस समय एक ही स्वर, एक ही भाषा और एक भाव

से प्रेरित हो, ईश्वर के चरणार्विन्द में अपनी भक्ति-पुष्पाञ्जलि अर्पण करने के लिए एकत्र होते हैं, तो कैसा आनन्दमय उत्साहपूर्ण दृश्य होता है। उस समय की समानता का क्या कहना। एक ही पंक्ति में दरिद्र और बादशाह दोनों खड़े होकर बता देते हैं कि ईश्वर के सामने सब बराबर हैं।

'इस्लाम' के चार धर्म-स्कन्धों में 'हज़्ज़' या 'क़ाबा' यात्रा भी एक है। 'क़ाबा' अरब का प्राचीन मंदिर है, जो 'मक्का' शहर में है। विक्रम की प्रथम शताब्दी के आरम्भ में रोमक इतिहास-लेखक 'द्यौद्रस् सलस्' लिखता है–

"यहाँ इस देश में एक मन्दिर है' जो अरबों का अत्यन्त पूजनीय है।"

महात्मा 'मुहम्मद' के जन्म से प्रायः ६०० वर्ष पूर्व ही इस मन्दिर की इतनी ख्याति थी कि 'सिरिया अराक' आदि प्रदेशों से सहस्रों यात्री प्रतिवर्ष दर्शनार्थ वहाँ जाया करते थे। 'पुराणों में भी शिव के द्वादश ज्योतिर्लिंगों में 'मक्का के महादेव' का नाम आता है।' ह.जू़ ल-अस्वद् (कृष्ण-पाषाण) इन सब विचारों का केन्द्र प्रतीत होता है, यह 'क़ाबा' की दीवार में लगा हुआ है। आज भी उस पर चुम्बा देना प्रत्येक हाजी (मक्कायात्री) का कर्त्तव्य है। यद्यपि 'क़ुरान' में इसका विधान नहीं, किन्तु 'पुराण' के समान माननीय 'हदीस' ग्रन्थों में उसे भूमक 'नर' भगवान का दाहिना हाथ कहा गया है। यही 'मक्केश्वरनाथ' है, जो 'क़ाबा' की सभी मूर्तियों के तोड़े जाने पर भी स्वयं ज्यों के त्यों विद्यमान हैं। इतना ही नहीं, बल्कि इनका जादू मुसलमानों पर भी चले बिना नहीं रहा और वह पत्थर को 'बोसा' देना, अपना धार्मिक कर्त्तव्य समझते हैं, यद्यपि अन्य स्थानों पर मूर्तिपूजा के घोर विरोधी हैं। इस पवित्र मंदिर के विषय में 'क़ुरान' में आया है–

"निस्सन्देह पहला घर 'मक्का' में स्थापित किया गया, जो कि धन्य है तथा ज्ञानियों के लिए उपदेश है।" (५ : १३ : ४)

"महाप्रभु ने मनुष्यों के लिए पवित्र गृह 'काबा' बनाया।" (५ : १३ : ४)

जिस प्रकार यहाँ 'क़ाबा' के लिए 'पहला घर' और 'पवित्र गृह' कहा गया है, उसी प्रकार 'मक्का' नगर के लिए भी उम्मुलकुरा (ग्रामों की माँ) अथवा पहला गाँव शब्द आया है। पहले कह आये हैं कि उस समय 'मक्का' के मंदिर में ३६० मूर्तियाँ थीं। आरम्भ में जब 'किधर मुख करके 'नमाज़' पढ़ी जाय, यह प्रश्न महात्मा 'मुहम्मद' के सम्मुख आया तो एकेश्वर भक्त महात्मा ने सारे अरब के श्रद्धास्पद किन्तु मूर्तिपूर्ण

'मक्का' मंदिर को अयोग्य समझ, अमूर्तिपूजक एकेश्वर-भक्त यहूदियों के मुख्य स्थान 'योरुशिलम्' मंदिर की ओर मुख करके 'नमाज़' पढ़ने की आज्ञा अपने अनुयायियों को दी। इस प्रकार 'मक्का-निवास' के अन्त तक अर्थात तेरह वर्ष इसी प्रकार 'नमाज़' पढ़ी जाती रही। 'मदीना' में आने पर भी कितने ही दिनों तक 'योरुशिलम्' की ओर ही मुख करके 'नमाज़' पढ़ी जाती रही। अन्त में यहूदियों के अभिभान हमारे ही 'क़ाबा' का आश्रय 'मुहम्मद' के अनुयायी भी करते हैं–को हटाने के लिए 'क़ुरान' के निम्न आदेश के अनुसार पवित्र 'क़ाबा' मंदिर ही मुसलमानों का किब्ला (अग्रिम स्थान) हुआ। उक्त वाक्य यह है–

"अनजान लोग कहेंगे, इन (मुसलमानों) को क्या बात थी जिसने कि उन्हें 'किब्ला' से फेर दिया। कह (हे मुहम्मद!) ईश्वर के लिए पूर्व-पश्चिम सब समान हैं।" (२: १७ : १)

"हम तेरे मुख को (हे मुहम्मद!) उठा देखते हैं। अवश्य तुझे हम उस 'किब्ला' की ओर फेरेंगे, जो तुझे अभीष्ट है। सो जहाँ तुम रहो, वहाँ से अपने मुँह को पवित्र मस्जिद (क़ाबा) की ओर फेर लो, और वह लोग जिनको पुस्तक (तौरेत) दी गई (अर्थात यहूदी) निस्सन्देह जानते हैं कि उनके ईश्वर की ओर से यही ठीक है।" (२ : १७ : ३)

"यदि तू सम्पूर्ण प्रमाण लावे, तब भी किताब वाले (यहूदी) तेरे 'किब्लें' के अनुयायी न होंगे, और न तू उनके 'किब्ले' का अनुयायी हो।" (२ : १७:४)

प्रथम वाक्य में 'किब्ला' बदलने पर होने वाले आक्षेप का उत्तर दूसरे और तीसरे में बदलने का विधान किया गया है। यह 'किब्ला' का विधान भी वास्तव में सारे मुसलमानों की एकता के अभिप्राय से किया गया है। वास्तव में तो "प्रभु! तेरे लिए और पच्छिम है, जिस ओर मुख फेरो, उधर ही प्रभु है। निस्सन्देह परमात्मा 'विशाल और ज्ञानी' है।" (२ : १४ : ३)

हज्ज

"(मनुष्यों) को 'हज्ज' के लिए बुला, कि तेरे पास दूर से पैदल और ऊँटों पर चले आयें।" (२० : ४ : २)

"भगवान के लिए 'हज्ज' और 'उम्रा' पूरा करो और यदि (किसी प्रकार) रोके गये, तो यथा–शक्ति बलिदान (क़ुर्बानी) करो। जब तक बलि ठिकाने पर न पहुँच

जाय, सिर की हजामत न बनवाओं और जो तुममें से रोगी हो या जिसके सिर में पीड़ा हो, तो इसके बदले उपवास करे, या दान दें या बलिदान करे, जब तुम सकुशल हो तो जो कोई हज्ज के साथ उम्रा चाहे यथाशक्ति बलि भेजे और जो न पाये तो तीन दिन का उपवास हज्ज के समय में और सात उपवास जब लौट कर जाये, यह पूरे दस (उपवास) उन लोगों के लिए है जिनके घर 'काबा' के पास नहीं हैं।" (२ : २४ : ८)

आवश्यक न होने से 'तवाफ़' (परिक्रमा) 'सफ़ा', 'मर्बा' पहाड़ियों के बीच ककड़ी फेंकते दौड़ना 'सई' कहते हैं—आदि विधियाँ यहाँ नहीं लिखी जातीं।

क़ुर्बानी (बलिदान)

'क़ुरान' के अनुसार काल तथा अन्य पर्वों में 'हज्ज' विदित है। 'इस्लाम' की क़ुर्बानी कोई नयी चीज नहीं है। इष्टों और देवताओं को पशु का बलिदान करना बहुत पुराने समय से चला आता है। विक्रमपूर्व अष्टम शताब्दी में, 'तिग्लतपेशार्' और 'शल्मेशर', 'असुर' राजाओं के इष्ट 'सक्कथ-वेनथ' बवेरु (बाबुल) नगर के विशाल मन्दिर में बैठे बलि ग्रहण करते थे। 'नर्गल', 'अशिम', 'निमज, 'तर्तक, 'अद्रम्लेश', 'अम्लेश', 'नाशरश', 'देगन' आदि देव-समुदाय विक्रम से अनेक शताब्दयाँ पूर्व आधुनिक लघु एशिया के पुराने नगरों 'कथ', 'ड्रामा', 'अलित' 'सफर्वेम' में रहते हुए बलि ग्रहण करते थे। मूर्तिपूजक-समुदाय तो प्रायः सारा ही इस पशुबलि-क्रिया में अत्यन्त श्रद्धालु देखा जाता है, किन्तु अमूर्तिपूजक धर्म भी इससे वंचित नहीं रहा। यहूदियों की भव्य वेदियाँ सदा पशु-रक्त से रंजित रहती रही हैं। उनकी शुष्क और दग्ध बलियाँ 'बाइबिल' पढ़ने वालों को अविदित नहीं। 'इस्लाम' ने अधिकांश 'यहूदी सिद्धांतों' को ज्यों का त्यों या कुछ परिवर्तन के साथ ग्रहण कर लिया। बलि का सिद्धांत भी उसी प्रकार 'यहूदी धर्म से लिया गया है। यहाँ दोनों की बलि के विषय में समता दिखाने के लिए 'तौरेत' और 'क़ुरान' दोनों से कुछ वाक्य उद्धृत किये जाते हैं—

"That will offer his oblation for all his vows or for all his freewill offerings, which they will offer unto the Lord for a burnt offering. Ye shall offer at your own will a male without blemish, of the beeves, of the sheep, or of the goats. Blind or broken or maimed, or having a wen, scurvy or scubbed, ye shall not offer these unto the Lord, nor make an offering by fire of them upon the altar unto the Lord... Ye shall not offer unto the Lord, that which is bruised, or crushed, or broken or cut."

(Leviticus २२: २०-२४)

"जब 'मूसा' ने अपनी 'क़ौम' से कहा कि परमेश्वर तुमको आज्ञा देता है कि एक गौ बलि चढ़ाओ (वह) बोले–अपने ईश्वर से हमारे लिए पूछ कि हमें बतावे–वह कैसी (हो)। कहा–(ईश्वर) आज्ञा देता है कि वह गौ न वृद्धा और न ब्याई हो, दोनों के बीच की हो। सो जिसके लिए आज्ञा दी गई, उसको करो। बोले–अपने ईश्वर से पूछ, उसका रंग कैसा हो। बोला–वह (ईश्वर) कहता है, पीला चमकीला रंग जो देखने वाले को पसन्द हो। बोले–अपने ईश्वर से पूछ, किस प्रकार की गाय हो। बोला–कहता है, ऐसी गौ नहीं, जो कि परिश्रम करने वाली, खेत जोतती या खेत सींचती है, जो पूरे अंग वाली बेदाग़ हो।" (२ : ८ : ६-९)

इस प्रकार यहूदियों और 'क़ुरान' का बलिदान एक-से होने पर कुछ विभिन्नताएँ भी रखता है। जहाँ यहूदी-शास्त्रानुसार मारने के बाद पशु-मांस हारूनवंशीय प्रधान पुरोहित तथा अनेक सहायक पुरोहितों द्वारा आग में होम किया जाता है, वहाँ 'क़ुरान' के अनुसार ईश्वर के नाम पर 'पशु-हनन' करने मात्र से सब विधि समाप्त हो जाती है। सारांश यह कि यहूदी लोगों की बलि पुराने याज्ञिकों का 'पशु-याग' 'गोमेध' आदि है और 'इस्लाम' की बलि काली, दुर्गा आदि को चढ़ायी जाने वाली बलि के समान है। वस्तुतः पारसियों के निरामिष शुद्ध वानस्पत्य हवन में आमिष हवा और बढ़ा देने पर यहूदियों की बलि होता है। 'इस्लाम' ने हवन का अड़ंगा हटाकर केवल मांस बलि मात्र रहने दिया। 'क़ुरान' में यद्यपि 'क़ुर्बानी' का वर्णन आया है, किन्तु कहीं-कहीं उसे सर्वोपरि 'पुण्य-कर्म' मानने से इन्कार भी किया गया है। एक जगह कहा है–

"परमेश्वर को उन (बलियों) का मांस और रक्त नहीं पहुँचता, बल्कि तुम्हारा संयम पहुँचता है।" (२२ : ५ : ४)

यथार्थ में 'इस्लाम' की क़ुर्बानी वही 'सुन्नते-इब्राहीम' (इब्राहिमी रीति) और 'शरीअत-मुसवी' (मूसा के सम्प्रदाय) का अनुगमन मात्र है। प्राचीन काल से आयी हुई प्रथाओं का एकदम परित्याग करना बड़े-बड़े संशोधकों के लिए भी कठिन काम

है। महात्मा मुहम्मद को 'अरब' निवासियों के श्रद्धास्पद 'क़ाबा' ही को नहीं अपनाना पड़ा, बल्कि उनकी बहुत-सी रीतियों को भी लेना पड़ा, जैसे–

१. 'इहाम्'–मक्का-प्रवेश से दूर ही एक स्थान पर सब हाजी एक कपड़ा तर-ऊपर करके पहनते हैं।

२. 'तवाफ़'–'क़ाबा' की परिक्रमा।

३. 'सई'–'सफ़ा' और 'मर्वा' की पहाड़ियों के बीच दौड़ना।

४. 'अर्फ़ात–एक (विशेष) स्थान पर ठहराना।

उक्त चार बातें मूर्तिपूजक अरबों में भी ज्यों की त्यों थीं। 'काले पत्थर' (हजुल्-अस्वद) का चूमना भी पहले ही से जारी मालूम होता है। 'खलीफ़ा उमर' ने काले पत्थर के विषय में कहा था–

"निस्सन्देह मैं जानता हूँ कि 'तू पत्थर' है। संसार में 'तू' भला-बुरा कुछ नहीं कर सकता। यदि नबी (मुहम्मद) को तुझे चूमते देखा न होता तो मैं भी तुझे न चूमता।"

(मिश्कात्)

'काबा' में वहाँ की मूर्तियों के नाम से बलिदान पहले भी होता था। 'क़ुरान' ने उसे मूर्तियों के नाम से न करके, ईश्वर के नाम से करने का आदेश दिया।

ऊपर प्रसंगवश 'रोजा' आदि के प्रकरण में दान या 'जकात्' का वर्णन आ ही चुका है। अतः इस विषय पर विशेष लिखना आवश्यक प्रतीत नहीं होता। दान-धर्म पर 'क़ुरान' किसी धर्मग्रन्थ से कम ओर नहीं देता। अतिथि-सेवा, भिक्षुकों, अनाथों को भोजन देना अरब-निवासियों का पहले ही से समाज था। लूट-पाट, खून-खराबा यद्यपि अरबों की प्रकृति में थी, किन्तु तब भी वह इन बातों में बढ़े-चढ़े थे।

मूर्तिपूजा-खण्डन

मनुष्य जिसे शुभ कर्म समझता है, करता-कराता है और जिसे अशुभ, उसे न कराने और न करने देने का प्रयत्न करता है। ऊपर शुभ कर्मों का वर्णन किया जा चुका है। अशुभ कर्मों में 'क़ुरान' मूर्ति-पूजा को भी परिगणित करता है। अतः उसके विषय में यहाँ कुछ वर्णन कर देना आवश्यक प्रतीत होता है।

विक्रम से कई शताब्दियों पूर्व मिस्र, असुर, कल्दान, फ़लस्तीन, मीडिया, यवन, रोम आदि देशों में अनेक देवी-देवों की मूर्तियाँ पूजी जाती थीं। अरब में भी ऐसे अनेक देवालय थे जिनमें 'मक्का' का 'काबा' सर्वश्रेष्ठ था।

'वद्द', 'सुबाअ', यग़ूस','यऊक', 'नश्र' (७२ : २ : ३) तथा 'हुब्ल', 'लात', 'मनात', 'उज्जा' आदि कितनी ही देव-प्रतिमाओं का नाम 'क़ुरान' में भी आया है। 'कल्ब', 'हम्दान', 'मज्हाज', 'मुरद' और हमयान जातियों के क्रमशः नराकृति 'वद्द', 'रत्र्याकृति', 'सुबाअ', 'सिंहाकृत' 'यगूस', 'अश्वाकृति','यऊक' और श्येनाकृति 'नश्र' इष्ट थे। 'क़ाबा' की प्रधान देव-प्रतिमा 'हुब्ल' को (अकाल के समय वर्षा करती है–सुनकर) 'अमरू' ने सीरिया के 'बल्का' नगर से लाकर 'क़ाबा' में स्थापित किया। उस समय के अरब-निवासियों में इन मूर्तियों का बड़ा प्रभाव था। इनके नाम से बहुत-से चमत्कार प्रचलित थे, जिन पर जनसाधारण अत्यन्त विश्वास करता था, जिस समय 'मक्का-विजय' होने पर 'मुहम्मद' ने मुसलमानों को 'क़ाबा' की मूर्तियों को तोड़ने को कहा, तो किसी की हिम्मत न पड़ी। इस पर 'अली' ने स्वयं इस काम को किया।

मूर्तिपूजा से श्रद्धा हटाने के लिए अनेक वाक्य 'क़ुरान' में आये हैं। इन वाक्यों का प्रभाव इतना पड़ा कि हजारों मनुष्यों ने मूर्तिपूजा छोड़ 'इस्लाम-धर्म' स्वीकार किया। 'मक्का-विजय' के समय बहुत से प्रधान-प्रधान लोग भी मुसलमान हो गये। नीचे 'क़ुरान' के कुछ वह वाक्य दिये जाते हैं जो मूर्तिपूजा की निन्दा करते हैं-

१. "जब (कोई) शुभ (फल) प्राप्त हुआ, तो उन्होंने (मूर्तिपूजको ने) उसमें (मूर्तियों को) साझी बनाया, किन्तु परमेश्वर उनसे, जिनको कि उन्होंने साझी बनाया, बड़ा है। क्या उन (मूर्तियों) को (परमेश्वर का) साझी बनाते हैं जो स्वयं उत्पन्न है और कुछ उत्पन्न नहीं कर सकती? अपनी सहायता कर सकती है, न अपने भक्तों की। क्या उन (मूर्तियों) के पैर हैं जिनसे चलती हैं, या उनके हाथ हैं जिनसे पकड़ती हैं, या आँख है जिनसे देखती हैं , अथवा कान हैं जिनसे सुनती है।" (७ : २४ : २-२६)

२. "पूछ (हे मुहम्मद!) कोई है तुम्हारे (इष्ट ईश्वर के) साझियों में, जो सृष्टि को पहले बनावे, फिर उसे दुहरावे? कह-परमेश्वर सृष्टि को उत्पन्न करता है, पुनः दुहराता है, फिर क्यों इन्कार करते हो? पूछ-कौन तुम्हारे साझियों में सत्य की आज्ञा देता है। कह–परमेश्वर सच्ची शिक्षा देता है, फिर जो कोई सच्ची राह बतावे, वह बड़ा है या

वह जो आप न शिक्षा दे, किन्तु स्वयं आज्ञा किया जाये। तुम लोगों को क्या हुआ है? कैसा न्याय करते हो? अटकल छोड़ दूसरे का अनुसरण नहीं करते, किन्तु सच्ची बात में अटकल (लगाना) लाभदायक नहीं। जो कुछ करते हो, परमेश्वर सचमुच उसे जानता है।" (१० : ४ : ४-६)

३. "उस (परमात्मा) के अतिरिक्त दूसरे को मत पूजो। तुमने और तुम्हारे बाप-दादों ने (हुब्ल) आदि मनमाना नाम रख लिए हैं। परमेश्वर ने उसके लिए कोई प्रमाण नहीं भेजा। (संसार में) परमेश्वर के अतिरिक्त अन्य का शासन नहीं। वह आज्ञा देता है कि उस छोड़ कर अन्य को मत पूजो। यह सरल मार्ग है, किन्तु कितने ही मनुष्य इसे नहीं जानते।" (१२-५ : ४,५)

४. "परमात्मा के सिवाय, जिनको वह पुकारते हैं, वह कुछ नहीं उत्पन्न करते और स्वयं उत्पन्न हैं।" (१६ : ३ : १)

५. "परमेश्वर ने कहा—मत ग्रहण करो दो इष्ट, निस्संदेह वह (परमात्मा) एक है, सो मुझ (परमेश्वर) से डरो।" (१६ : ७ : १)

६. "जब (इब्राहीम ने) अपने बाप से कहा—मेरे पिता! क्यों उसकी उपासना करते हो, जो न सुनता है, न देखता और न तुम्हारे कुछ काम आता है।" (१९ : ३ : २)

७. "जब (इब्राहीम ने) अपने बाप और जाति वालों को कहा—यह मूर्तियाँ क्या हैं, जिनके भरोसे तुम बैठे हो। बोले-हमने अपने बाप-दादों को उन्हें पूजते पाया। कहा-निस्संदेह तुम और तुम्हारे बाप-दादा नितांत भ्रम में थे। बोले तू हमारे पास सच्ची बात लाया है या मिथ्यावादी है? बोला-तुम्हारा परमेश्वर भूमि और आकाश का स्वामी है, जिसने उन्हें बनाया और मैं इस (बात) का विश्वासी हूँ। ईश्वर की शपथ, जब तुम पीठ फेर चले जाओगे, तब मैं तुम्हारे इष्टों की मरम्मत करूँगा, फिर (इब्राहीम ने) सबसे बड़ी एक मूर्ति को छोड़कर, सबको खण्ड-खण्ड कर डाला। वह (आपस में) पूछने लगे—हमारे इष्टों के साथ किसने ऐसा किया, (जिसने ऐसा किया) अवश्य वह अधर्मी है। (उनमें से कोई-कोई) बोले—हमने एक जवान को उनसे कुछ कहते सुना है। बोले—उसे लोगों के सामने लाओ कि देखें, पूछें हे 'इब्राहीम'! क्या हमारे ईश्वर के साथ तूने यह किया है? इब्राहीम बोला-हाँ, उनमें से बड़े ने ऐसा किया है, सो अगर वह बोलते हैं तो उनसे पूछ लो, फिर (वे) अपने मन में सोचने लगे और बोले-(हे भाइयो) अवश्य तुम लोग अन्यायी थे। पूछा-क्या तुम उसकी उपासना करते हो जो न तुम्हारा

कुछ लाभ कर सकता है, न हानि? मैं तुमसे और उनसे जिन्हें भगवान् को छोड़कर तुम पूजते हो–परेशान हूँ। क्या तुमको ज्ञान नहीं?” (२१ : ६ : २-१७ और २६ : ५ : १)

८. “परमेश्वर को छोड़ जिन्हें तुम स्मरण करते हो, मुझे दिखाओ तो पृथ्वी में उन्होंने क्या बनाया?” (४६ : १ : ४)

'काबा' की मूर्तियों के तोड़े जाते समय 'हजरत मुहम्मद' जिस वाक्य को अनेक बार उच्चारण करते रहे, वह यह है–

“आअ-ल् हक्क, व जहक़ल्बातिलु, इन्नल्बातिलु कान जहूक़।”
“सत्य आया, झूठ भाग गया, निस्संदेह झूठ भगोड़ा है।” (१: ९ : ५)

नवम बिन्दु

आचार-विचार, दण्डनीति

आठवें बिन्दु में 'कुरान' के धर्मानुष्ठानों का वर्णन किया जा चुका है। यहाँ उनके आचार-विषयक उपदेशों का संग्रह किया जायगा। बाह्य आचारों में भक्ष्याभक्ष्य विचार प्रथम आता है। प्रायः सारे ही धर्म इस भक्ष्य (हलाल), अभक्ष्य (हराम) विषय पर कुछ व्यवस्था देते हैं। स्मृतियाँ कहती हैं–'पंच-पंच नखा भक्ष्या'। यहूदी धर्म कहता है–"तुम कभी रक्त न पीना" (Lebi ७ : २६)

"चिरे खुर बाले तथा जुगाली करने वाले पशु भक्ष्य है।" (११ : ३)

"पर और छिलके वाले जलचर भक्ष्य हैं।" (१ : ९)

"स्वयं मरे या किसी जन्तु द्वारा फाड़े प्राणी भक्ष्य है।" (१७ : १५)

जिस प्रकार 'कुरान' में बलि के योग्य पशुओं का वही लक्षण स्वीकार किया है जो यहूदी ग्रंथों में है, वैसे ही भक्ष्याभक्ष्य-विषयक नियमों को भी उनसे ही लिया गया है, बल्कि इस बात को निम्न वाक्य 'कुरान' स्वीकार भी करता है–

"किताब वाले (यहूदियों) के लिए भेद्य और भक्ष्य तुम्हारे लिए भक्ष्य हुआ और तुम्हारा उनके लिए।" (५ : १ : ४)

"यहूदियों पर जो कुछ हमने अभक्ष्य ठहराया था, उसे हम बतला चुके।" (१६ : २५ : ८)

भक्ष्याभक्ष्य

यहाँ भक्ष्याभक्ष्य के विषय में एक 'आयत' उधृत की जाती है जिसका भाव क़ुरान में अनेक स्थलों पर दुहराया गया है।

'मुर्दार, खून, शूकर-मांस, जिसके ऊपर भगवान् को छोड़कर दूसरे (किसी देवता, प्रतिमा आदि) का नाम पढ़ा गया हो, वह तथा दम घुटने से, चोट से, सींग मारने से मरे और जिसे अन्य किसी मांसाहारी प्राणी ने खाया हो–यह सब तुम्हारे लिए अभक्ष्य हैं। किसी स्थान (के नाम पर) बलि चढ़ाना या पासा डालना पाप है।' (५ : १ : ३)

"क़ुरान ने तुम्हारे लिए चौपाये बनाये जिनमें से खाते हो।" (१६ : १ : ५)

इस वाक्य द्वारा मांस-भक्षण के विषय में अपनी स्पष्ट राय दे दी है, किन्तु 'इहाम' के चार महीनों में शिकार खेलना भी मना किया गया है। (५ : १३ : २)

चोरी और हत्या के विषय में कहा है–

'हे मुसलमानों! दूसरे का माल जिस पर (तुम्हारा) हक नहीं, मत खाओ, सिवाय इसके कि प्रसन्नतापूर्वक आपस में सौदा हो गया हो। आपस में हत्या मत करो, निस्सन्देह भगवान तुम पर दयावान् है।' (४ : ५ : ४)

मद्यपान

मद्यपान-अरब में उस समय इसका अत्यन्त प्रचार था। 'क़ुरान' ने कहा है–'हे मुसलमानो! जब तुम नशे में हो, नमाज़ में मत उपस्थित हो, जब तक कि जो कुछ तुम कहते हो, उसे समझने न लगो।' (४ : ७ : १)

आठवें विन्दु में कहा गया है कि मुसलमान का यह अनिवार्य कर्त्तव्य है कि नमाज़ में जाय यदि वह स्वस्थ है, किन्तु नशे में वहाँ उपस्थित होने से पाप का भागी होना पड़ता है। इस प्रकार अप्रत्यक्ष रीति से 'क़ुरान' ने मद्यपान का निषेध किया, फिर भी आयत (२ : २७ : ३) में उसने जुआ और मद्यपान को महापाप कहा है।

शरीर-स्वच्छता के विषय में पहले कहा जा चुका है। 'क़ुरान' न घर छोड़ संन्यासी होने का विधान ही करता है न निषेध, किन्तु ईसाइयों की प्रशंसा के समय उनके साधुओं का नाम जैसा प्रतिष्ठापूर्वक लिया गया है, उससे मालूम होता है कि विद्वान् सदाचारी साधु का होना 'क़ुरान' के विरुद्ध नहीं।

न्याय-व्यवस्था

सच्चे मुसलमान के लिए 'क़ुरान' कहता है–

"जो अपनी स्त्रियों और अपने दाहिने हाथ की सम्पत्ति (दासियों) को छोड़ कर (अन्यत्र) अपनी काम-चेष्टा को रोकते हैं।" (७० : १ : २९,३०)

दासी या लौंडी को 'इस्लाम' ने एक प्रकार की पत्नी ही माना है। स्त्री-प्रसंग के विषय में कहा

"रजःस्वला होने के समय में तुम स्त्रियों से दूर रहो और उनके पास तब तक न जाओं, जब तक वह शुद्ध न हो जायें।"(२ : २८ : १)

(३ : १४ : १) वाक्य में 'क़ुरान' ने सूद लेने का निषेध किया है।

उस समय अरब की राजनैतिक अवस्था अत्यंत शोचनीय थी। देश भर में अव्यवस्था फैली हुई थी। शासन और सुव्यवस्था का नाम नहीं था, जब शान्ति-प्रिय महात्मा 'मुहम्मद' ने शान्ति-व्यवस्था का प्रयत्न आरम्भ किया, तो उन्हें न्याय-विषयक नियमों और व्यवस्थाओं की आवश्यकता जान पड़ी। ऐसी व्यवस्थाएँ स्थान-स्थान पर 'क़ुरान' में पायी जाती हैं। उस समय लेन-देन का कोई कागज नहीं होता था जिससे न्यायाधिकारियों को कठिनाई पड़ती थी। अतः 'क़ुरान' ने (२: ३९ : १) दस्तावेज लिखने का परामर्श दिया।

दाय भाग

बहुत से धर्मों में स्त्रियाँ दाय भाग की अधिकारिणी नहीं समझी जातीं, इस्लाम ने उनको जहाँ अरब के उस व्यवहार से, जिसमें उन्हें दासी या विलास सामग्री से अधिक महत्त्वपूर्ण नहीं समझा जाता था, निकाला। वहाँ उन्हें दाय भाग की अधिकारिणी बनाया। यद्यपि उनका यह अधिकार पुरुष के बराबर नहीं है, तो भी उस समय की अपेक्षा यही बहुत है। 'क़ुरान' में कहा है–

'माता-पिता या सम्बन्धी, जो कुछ थोड़ा-बहुत छोड़कर मरते हैं, उनमें स्त्री-पुरुष दोनों का भाग है। परमेश्वर कहता है–तुम्हारी सन्तान में पुरुष का भाग दो स्त्री के भाग के बराबर है। यदि केवल स्त्रियाँ ही दो से अधिक हुई, तो दो-तिहाई उनका दाय भाग होता है। यदि एक है, तो आधा। मृत पुरुष के सन्तान होने पर माता-पिता में से प्रत्येक का छठा भाग। यदि मृत पुरुष निस्सन्तान है और उसके दायभागी उसके माता-पिता

हैं, तो माता-पिता को एक-तिहाई। यदि कई भाई हैं, तो माँ का छठा भाग है, किन्तु यह उसके बाद, जो कुछ कि मृत पुरुष ने अपनी वसीयत में दिलवा दिया या कर्ज में पटा' (४ : २ : १)

"यदि वह निस्संतान हो, तो तुम अपनी मृत पत्नियों के आधे के दायभागी हो, किन्तु ससन्तान होने पर चतुर्थ भाग ही तुम्हारा अंश है। यह भी ऋण पाटने और वसीयत पूरा करने के बाद निस्सन्तान मृत पुरुष के चौथाई और सन्तान के अष्टमांश की अधिकारिणी उसकी स्त्रियाँ हैं। यह भी ऋण पट जाने और वसीयत पूरा हो जाने के बाद।" (४ : २१)

"कलाला" (पितृ-पुत्र-हीनता) में—

"जिन स्त्री-पुरुषों के पिता-पुत्र आदि दायभागी नहीं हैं, भाई या बहन हैं, तो दो में से प्रत्येक को छठा भाग और यदि अधिक हैं, तो सब एक-तिहाई में साझीदार हैं। यह भी ऋण पट जाने और न हानिकर वसीयत पूरा हो जाने पर।" (४ : २ : २)

इसी के विषय में अन्यत्र भी कहा है—

"यदि कोई पुरुष सन्तानरहित मर गया और उसकी बहन है, तो उसको उसकी सम्पत्ति का तृतीयांश है। इसी प्रकार भाई सन्तानहीन बहन का दायभागी है। यदि दो बहनें हुईं, तो उनके लिए सम्पत्ति का दो-तिहाई। स्त्री-पुरुष बन्धु लोग जो उत्तराधिकारी हों, उनमें पुरुष का भाग स्त्री से दूना होता है।" (४ : २४ : ५)

दण्ड

यदि उत्तराधिकारी बालक है, तो उसके अभिभावकों के लिए कहा गया है—

'जब तक 'बालिग़' नहीं हुए, तब तक उनको सुधारते रहो। जब उनमें चतुरता देखो, तो उनको उनकी सम्पत्ति दे दो। व्यर्थ व्यय में उसमें से खा न जाओ, इस ख्याल से कि कहीं वे वयस्क न हो जायें। यदि (अभिभावक) धनहीन हैं, तो वह उसमें से उचित खायें, किन्तु जो सम्पन्न हैं, उन्हें (इससे) बचना चाहिए, जब उनकी सम्पत्ति लौटाने लगो, तो गवाह बनाओ।' (४ : १ : ६)

यही नहीं, आगे कहा है—

"जो अनाथों की सम्पत्ति अन्याय से खाते हैं, वह पेट में आग खाते हैं और अब (नर्क की) आग में डाले जायेंगे।" (४ : १ : १०)

‘क़ुरान’ ने अपराधों के अत्यन्त कठोर दण्ड निश्चित किये हैं, यह ख्याल करके कि दण्डों की भयंकरता अपराध की संख्या कम करती है। हाँ, मनुष्य के सर्वज्ञ न होने से कहा जा सकता है कि कितने ही समय निर्पराधी भी न्यायप्रिय न्यायाधीश के हाथ से दण्ड पा जाते हैं।

१. चोरी का दण्ड

“जो पुरुष या स्त्री चोरी करे, उनके हाथ काट डालो, यही उनके काम का फल है।” (५ : ६ : ४)

‘तौरेत’ (Leviticus) २४/१९-२१ में मनुष्य-हत्या करने वाले अंग के बदले अंग और प्राण के बदले प्राण लेने का विधान है। ‘क़ुरान’ भी वैसे ही कहता है–

‘प्राण के बदले प्राण, आँख के बदले आँख, कान के बदले कान, नाक के बदले नाक, दाँत के बदले दाँत और घाव के बराबर का बदला, फिर यदि (मार खाने वाले ने) क्षमा कर दिया, तो उसकी छुट्टी है। (५ : ७ : २)

व्यभिचार दंड-

२. व्यभिचार के लिए ‘क़ुरान’ ने ‘मनुजी’ से हल्का ही दण्ड दिया है–

“परमेश्वर की व्यवस्था में उन (व्यभिचारी-व्यभिचारिणी) दोनों पर तुम दया मत करो। व्यभिचारी और व्यभिचारिणियों में से प्रत्येक को सौ (१००) बेंत मारो, और उनकी यातना विश्वासी लोग देखें।” (२४ : १२)

किन्तु दासियों को इसी अपराध में उसका आधा दण्ड मिलना चाहिये। (४ : ४ : ३)

सदाचार

‘क़ुरान’ के अनुसार ‘कृपणता’ भी एक अपराध है। एक जगह कहा है–

“जो कृपणता करते हैं और दूसरे को भी वैसा करने के लिए सिखाते हैं, जो कुछ भगवान् ने अपनी कृपा से दिया, उसे छिपा रखते हैं, ऐसे नास्तिकों के लिए महायातना तैयार की गई है।” (४ : ६ : ४)

किन्तु साथ ही अपव्ययता के बारे में भी कहा है–

‘अल्लाहु ला याहिब्बुल्मुस्रिफीन् (७ : ३ : ६)

(भगवान् फ़िज़ूल-खर्चों पर खुश नहीं रहता)।

विस्तार-भय से अधिक न लिखकर दो-तीन 'कुरान' के आचार-सम्बन्धी उपदेश उद्धृत किये जाते हैं-

१. "शुभ कर्म कर और क्षमा माँग ले, अज्ञानियों से उपेक्षा करा।" (७ : २४ : ११)

२. "जो अपने ऊपर किये गये अन्याय का बदला लें, उसके लिए कुछ कहना नहीं। कहना तो उन पर है,जो लोगों पर अन्याय करते हैं और दुनिया में व्यर्थ (धर्मात्मा होने) की धूम मचाते हैं। उन्हीं लिए घोर यातना है, जो क्षमा और सन्तोष करे, तो (उसका) यह (काम) निस्सन्देह अत्यन्त साहस का है।" (५२ : ४ : १२-१४)

३. "तुम्हारी सन्तान... हमारे (ईश्वर के) समीप तुम्हें दर्जा नहीं दिला सकती। हाँ, जो श्रद्धालु और अच्छा काम करने वाले हैं, उनके लिए दूना फल है।"

(३४ : ५ : १)

दशम बिन्दु

कुरान और स्त्री जाति

स्वयं अलौकिक होते हुए भी लौकिक उन्नति का कोई भाग नहीं है, जिसमें 'इस्लाम' का हाथ दिखलाई न पड़ता हो। प्राचीन जातियों की धर्मप्रियता तो प्रसिद्ध ही है। आजकल की जातियों के बारे में कहा जाता है कि उनकी उन्नति में उनके धर्म का प्रभाव है। धार्मिक विचार यद्यपि अनुभूत रूप में व्यक्ति से सम्बन्ध रखता है, किन्तु वस्तुतः वही धर्म बाहरी व्यवहार में भी प्रविष्ट हो जाता है। बाहर से देखने पर यद्यपि धर्म का आधारभूत वह छिपा अस्थिपंजर दीख नहीं पड़ता, किन्तु कौन कह सकता है कि वहाँ उसका अस्तित्व नहीं। मनुष्य शनैः-शनैः उनमें इतना परिपक्व हो जाता है कि उसके लिए उन विचारों के परित्याग से अपना सर्वस्व परित्याग करना सुलभ हो जाता है। इतिहास में इसके अनेक उदाहरण पाये जाते हैं। आशावाक् धर्म स्वर्ग की ओर मनुष्य को अग्रसर करता है और निराशावाक् पाताल के लिए। जिस प्रकार धर्म व्यक्तिगत है, उसी प्रकार अनेक व्यक्तियों का धर्म एकत्रित हो, समष्टिगत भी हो जाता है। यही कारण है कि इसका प्रभाव व्यक्ति की आत्मा से लेकर जाति की आत्मा तक रहता है।

समाज और स्त्रियाँ

'कुरान' एक धर्म का प्रचार करता है, जिसका प्रभाव अनेक व्यक्तियों पर होना आवश्यक है। उसकी शिक्षाओं या धर्म का प्रभाव जातियों और उसके व्यक्तियों पर

क्या पड़ा, यह इस निबन्ध में आने वाली बात नहीं। प्रत्येक जाति के स्त्री-पुरुष दो अंग हैं। अपने इन दोनों रथवाहों या चक्कों के भरोसे ही कोई भी जाति संसार में उन्नति के पथ पर सरपट भाग सकती है। यंत्र में उसके टुकड़ों का यथास्थान विन्यास जैसे उसे सजीव-सा कर देता है, उसी प्रकार 'नमाज' को भी यदि इन दोनों अंगों का यथास्थान विनियोग हुआ है। 'कुरान' की शिक्षा एक विशेष काल को लेकर प्रवृत्त हुई है। उसको एक विशेष परिस्थिति में बनकर जमना, बढ़ना और फलना-फूलना पड़ा है। अतः यह अन्याय होगा, यदि हम उस समय की अवस्था को बिना दिखाये ही इसका वर्णन आरम्भ कर दें। 'कुरान' में स्त्रियों का जो स्थान प्रदान किया गया है, उसकी महत्ता हमें उस समय की स्थिति पर विचार करने ही से मालूम होगी।

स्त्रियों पर अत्याचार न करो

'कुरान' का निम्न वाक्य तत्कालीन स्त्री-समाज की अवस्था और 'इस्लाम' के उस पर के उपकार को प्रकट करता है—

"हे विश्वासियो! (मुसलमानो!) यह न्याय नहीं कि तुम बलपूर्वक स्त्रियों को दाय भाग में लो, या जब तक उसका दुराचार साफ न मालूम हो जाय, तब तक अपना दिया ले लेने के लिए बन्द कर रखो। स्त्रियों के साथ न्यायानुमोदित व्यवहार करो, फिर यदि तुम्हें वह प्रिय न हो, तो इसके लिए (क्या) हो सकता है—कोई वस्तु तुम्हें अच्छी न प्रतीत हो, जिसमें कि परमेश्वर ने बहुत-सी भलाई दे रक्खी है।" (४ : ३ : ५)

उस समय 'अरब' में रिवाज था कि पुरुष, स्त्री को जब अपने पास नहीं रखना चाहता, तो उस पर दोषारोपण कर उसे स्त्री-धन से भी वंचित करके निकाल देता था। इसके रोकने के लिए 'कुरान' ने कहा—

"यदि तुम एक स्त्री के स्थान पर दूसरी स्त्री बदलना चाहते हो और उसको धन दे चुके हो और उसमें से कुछ न लौटाओ। (ऐसा करके) क्या साफ़ अपराध और अपयश लेना चाहते हो?" (४ : ३ : ६)

ब्याह के योग्य स्त्रियाँ

सचमुच अरब-निवासी स्थावर, जंगम अन्य सम्पत्तियों की भाँति स्त्रियों को संपत्ति-ही समझते थे। इसके विरोध में एवं विवाह को व्यवस्थित करने के लिए उपदेश है—

"तुम्हारे बाप ने जिनसे ब्याह किया, उनसे तुम मत ब्याह करो। पहले जैसा हो गया, सो हो गया, निश्चय ही वह लज्जास्पद बात थी।" (४ : ४ : १)

किन-किन से ब्याह न करना चाहिए, इसे आगे और स्पष्ट कहा है–

"तुम्हारी माता, बेटी, बहन, फूफी, मौसी' भाई की बेटी, बहन की बेटी, दूध पिलाने वाली माँ, दूध की बहन, सास, तुम्हारे द्वारा पोसी तुम्हारी स्त्रियों की बेटियाँ, बेटों की बहुएँ, दो बहनें एक साथ- यह तुम्हें ब्याह के लिए निषिद्ध हैं।" (४ : ४ : १)

परतंत्रता पापों की माँ है। परतंत्रता की पराकाष्ठा में पहुँचकर स्त्रियाँ स्वयं भी अनेक दुर्व्यसनों में लिप्त हो गई थीं, जिनसे निकालने के लिए उपदेश है–

"ईश्वर को साक्षी न बनावें, चोरी न करें, व्यभिचार न करें, संतान न मारे, झूठ-सच न करें। इत्यादि बातों की शपथ लेने आवें, तो 'हे नबी!' परमात्मा से तू उनके वास्ते क्षमा माँग, निस्सन्देह प्रभु क्षमाशील है।" (६० : २ : ६)

विवाह की संख्या

'कुरान' यद्यपि बहुविवाह का प्रतिपादन करता है, किन्तु उसमें उसने चार तक की सीमा रक्खी है जो उस समय के अनगिनत पत्नी रखने वाले अरब वालों पर बलात्कार-सा था। 'कुरान' ने कहा है–

"तो यथेच्छ ब्याह करो दो-दो, तीन-तीन, चार-चार। पुनः यदि भय हो कि इंसाफ नहीं कर सकोगे, तो एक ही।" (४ : १ : ३)

यहाँ पर यह शर्त रक्खी है कि यदि तुम सबके साथ न्याय बरत सको तब, किन्तु यह स्पष्ट है कि बहुत-सी स्त्रियों से ब्याह करके कितने लोग न्याय बरतने वाले हैं? रही बिल्ली के भाग में छींका टूटने वाली कहावत की तरह, अपने मतलब की बात ढूँढकर बहुत व्याह करने के लिए तैयार हो जाने वाली बात, उनके लिए तो वस्तुतः यहाँ कोई अवकाश नहीं। 'कुरान' ने उस समय की परिस्थिति देखकर चार तक की सीमा करके उसके साथ यह भी शर्त लगा दी। यह तो विलासप्रिय धनिकों का काम हुआ, जिन्होंने टट्टी के आड़ में शिकार खेलना आरम्भ कर दिया। भला, बहुत- से नवाबों के बाड़ों के विषय में कहाँ 'कुरान' ने आज्ञा दी है।

ऐसी स्वेच्छाचारिता सब धर्मों के अनुयायियों में देखी जाती है। गृहस्थाश्रम या विवाह-सम्बन्धी सभी वेदमन्त्रों में पति-पत्नी के लिए द्विवचन 'दम्पत्ति, जंपती,

'जायापती' आदि शब्द आते हैं, किन्तु क्या अपने को वेदों के अनुयायी कहने वाले बहुपत्नी-विवाह से सर्वथा बाज आये?

'इस्लाम' में स्त्रियों के सम्बन्ध की एक और बात खटकती है। वह है–पर्दे की जकड़बंदी। इसके द्वारा स्त्रियाँ घोर एकांत कैद में हाल दी जाती हैं, वह कूप-मंडूक बना दी जाती हैं। इस पर और विचार करने से पूर्व हम मूल उस वाक्य को रख देना चाहते हैं जिसमें पर्दे का वर्णन है–

"हे नबी! अपनी स्त्रियों, बेटियों और मुसलमान स्त्रियों से कह दे कि अपनी चादरें थोड़ी-सी ऊपर लटका लें, यह इसलिए कि पहचानी जावें (और) फिर कोई न सतावे।" (३३ : ८ : १)

"मुसलमान स्त्रियों से कह दे कि दृष्टि नीची रखें, अपने गोप्य स्थानों को आच्छादित रक्खें' जो (स्वयं) प्रकट है, उसके सिवाय अपने सौन्दर्य को न दिखावें। अपने पति, पिता, श्वसुर, पुत्र, पति के पुत्र, भाई-भतीजा, भांजा, अपनी स्त्रियाँ, दासियाँ, आश्रिताएँ, न सम्बन्ध रखने वाले पुरुष या बालक- जो स्त्री-भेद नहीं जानते, इन (सबके) सामने के अतिरिक्त अपनी ओढ़नी से सीना ढँक लें और अपने सौन्दर्य को न खोलें, पैर धमकाती न चलें जिसमें कि छिपा (जेवर आदि) जान पड़े।"(२४ : ४ : ५)

पर्दा

पहले वाक्य में तो चादर ढाँकने का अभिप्राय मुसलमान जानी जाने, तथा न सतायी जाने के लिए कहा गया है। दूसरे वाक्य में भी सौन्दर्य को दिखाने से रोकने का अभिप्राय बोराबन्दी लेना अन्याय है। स्पष्ट अर्थ तो यह है कि जैसे पाश्चात्य स्त्री-समाज में सौन्दर्य दिखलाने का रोग यहाँ तक लग गया है कि जाड़े-पाले में, आधा वक्ष-स्थल नंगा रखती हैं, कहीं वही बात स्त्रियों में न घुसने लगे। दरअसल, इस प्रकार की बीमारी स्त्री-पुरुष दोनों समाजों में भी किसी प्रकार आना ठीक नहीं है। कहावत है कि 'शैतान' भी अपने मतलब को सिद्ध करने के लिए शास्त्र की दुहाई देता है, उसी प्रकार यह मुसलमान पतियों का सरासर अन्याय है, जो 'क़ुरान' में लिखे पर्दा ही पर संतोष न कर उन्होंने स्त्रियों को सात संगीन परदे में बंद कर रक्खा है। 'क़ुरान' ने तो विशेष शृंगार आदि के न दिखाई देने के लिए कुछ विशेष अंगों को ढाँकने के लिए कहा, किन्तु यहाँ लोगों ने सारे बदन को ही ढाँकने पर बस न की, ऊपर से सात तालों के अन्दर

भी उन्हें बन्द करना उचित समझा। यह केवल मुसलमान पुरुषों ही की बात नहीं, सच कहते हैं 'गुरु तो गुरु ही रह गये, चेला चीनी हो गया।' हिन्दुओं के पुरुषों ने कभी सुना न होगा कि पर्दा-प्रथा किस चिड़िया का नाम है। आज भी महाराष्ट्र, गुजरात, कर्नाटक, आंध्र, द्रविड़, मालाबार इत्यादि आधे से अधिक भारतवर्ष के हिन्दू पर्दा को नहीं जानते, किन्तु जिस प्रकार आज अंग्रेजी राज्य में बहुत से अंग्रेजों का खान-पान, रहन-सहन गौरवपूर्ण समझ हिन्दुओं ने मुसलमानों की इस रीति को अपनाकर उसने और तरक्की की। पहले-पहल इन रीतियों को धनिको और बड़े आदमी कहे जाने वाले लोगों ने लिया, पीछे बड़े आदमी बनने की इच्छा वाले सभी लोगों ने अपनी स्त्रियों पर इस नये दण्ड-विधान का प्रयोग आरम्भ किया। शरीर में कोमलता की वृद्धि के लिए राजदाराओं को 'असूर्यपश्या' तो देखा गया है, किन्तु 'अचन्द्रपश्या' होने का सौभाग्य आज ही प्राप्त हुआ है।

'इहैस्तं मा वियौष्टम्' (दोनों यहाँ ही रहो, मत अलग हो) इस विवाह-सम्बन्धी वेदमन्त्र में स्पष्ट विवाहित जोड़े को अलग होने का निषेध किया है। इस प्रकार आर्य (हिन्दू) 'धर्म' विवाह सम्बन्ध को 'अखंडनीय' मानता है, किन्तु कई धर्म विशेष स्थिति में विवाह सम्बन्ध-त्याग या 'तलाक' की अनुमति देते हैं। 'क़ुरान' कहता है–

"जो अपनी स्त्रियों से (तलाक़ की) शपथ खा लेते हैं, उनके लिए चार मास की अवधि है, (इसी बीच में) यदि मेल कर लें तो ईश्वर क्षमाशील और कृपालु है। यदि 'तलाक' का निश्चय कर लिया, तो भगवान् (उसका) सुनने वाला और जानने वाला है। 'तलाक' दी गई स्त्रियाँ तीन ऋतुकाल तक प्रतीक्षा करें। उनके योग्य नहीं कि जो ईश्वर ने उनके उदर में उत्पन्न किया, उसे छिपा रक्खे... उनके पतियों को भी इतने दिन तक उन्हें फिर ले लेने का अधिकार है, यदि सुधार चाहें। स्त्रियों को भी न्यायानुसार वैसा अधिकार है, (किन्तु) पुरुषों का उन पर दर्जा है।" (२ : २८ : ५-७)

यद्यपि यहाँ कुछ शर्तों के साथ 'तलाक़' की अनुमति दे दी गई है, किन्तु तो भी इसे अच्छा नहीं माना गया है। यह 'महात्मा मुहम्मद' के इस वचन से भी प्रकट होता है।-

हलाला और मुतअ

'मनुष्य के लिए विधान की गई सारी बातों में 'तलाक' परमात्मा को अत्यन्त अप्रिय है।'

यही नहीं, 'तलाक़' दे देने पर भी 'क़ुरान' एक बार फिर स्त्री-पुरुषों को मेल करने का अवसर देता है। इस्लामी परिभाषा इस रीति को 'हलाला' कहते हैं। 'क़ुरान' ने कहा है—

"यदि उसे 'तलाक़' दे दिया तो उस (पुरुष) को इसके बाद वह स्त्री 'हलाला' (विहित) नहीं, जब तक कि दूसरा पति उससे विवाह न कर ले, फिर उसने यदि 'तलाक' दे दिया तो उन दोनों पर दोष नहीं, वह अपने पूर्व पति-पत्नी-सम्बन्ध पर लौट जा सकते हैं, यदि समझे कि वह परमात्मा की मर्यादा को निबाह सकेंगे।" (२ : २९-२)

सामान्य विवाह-सम्बन्ध के अतिरिक्त 'शिया-सम्प्रदाय' वाले मुसलमान एक और सावधिक पति-पत्नी-सम्बन्ध स्वीकार करते हैं, जिसका पारिभाषिक नाम 'मुतअ' है। यह सम्बन्ध सदा के लिए नहीं होता, बल्कि कुछ खास अवधि मुक़र्रर करके होता है। उसके बाद वह सम्बन्ध स्वयं टूट जाता है।

स्त्री-पुरुष के विषय में 'क़ुरान' ने उपमा देकर कहा है—

"स्त्रियाँ तुम्हारा वस्त्र हैं और तुम उनके।" (२ : २३ : ५)

"स्त्रियाँ तुम्हारी है।" (२: २७ : २)

स्त्री पुरुष के साथ पुरुष स्त्री के अपने दोषों को ढाँक सकता है। इसीलिए यहाँ उनको एक-दूसरे का वस्त्र कहा। द्वितीय वाक्य में न केवल सन्तानोत्पत्ति के विचार से ही पुरुष का कृषि-कृषक होना उचित है, बल्कि जिस प्रकार कृषि पर कृषक का जीवन अवलम्बित है, वैसे ही स्त्री पर पुरुष- जगत् का अस्तित्व होना भी इससे ध्वनित होता है।

"पुरुष स्त्रियों पर अधिष्ठाता है, इसलिए कि परमात्मा ने किसी को किसी पर बड़ाई दी।" (४ : ६ : १)

यह बात अवश्य स्त्रियों के लिए निराशाजनक है। इसमें पुरुषों का स्त्रियों पर अचल आधिपत्य सिद्ध है, किन्तु तो भी तत्कालीन स्थिति और इस्लाम द्वारा उनको दिये गये अधिकार स्त्री-जगत पर कम उपकार नहीं हैं। उस परिस्थिति में जहाँ तक हो सकता था, उनका किया गया। अब पुरुषों के स्त्रियों पर अधिष्ठातृत्व का निर्णय मुसलमान स्त्रियों के हाथ में है।

यद्यपि धर्म के नाम पर मुसलमान पतियों ने अपनी गृह-लक्ष्मियों पर बहुत अत्याचार किया है और अब भी वैसा हो रहा है, किन्तु इस विन्दु के पढ़ने से ज्ञात होगा कि उन सबके लिए 'क़ुरान' या 'इस्लाम' दोषी नहीं। इतिहास साक्षी है कि महात्मा 'मुहम्मद' की सबसे छोटी उम्र की तथा अत्यन्त सुन्दर पत्नी श्रीमती 'आयशा' और उनकी सपत्नी श्रीमती 'उम्स-सुल्मा' उहद के युद्ध में घायलों को अपने हाथ से पट्टी बाँधती तथा पानी पिलाती थीं। श्रीमती 'सफिया' महात्मा की एक तीसरी पत्नी ने पुरुषों की अनुपस्थिति में बचे हुए लोगों को शत्रु से बचाने के लिए स्वयं सैनिक का काम किया। यदि उस समय स्त्रियाँ आजकल की मुसलमान स्त्रियों-सी होतीं, तो कब उनसे ऐसे काम हो सकते थे। मिस्र, टर्की आदि मुसलमानी देशों का स्त्री-समाज अब जाग उठा है। अभी उस दिन 'अगोरा' से एक स्त्री के सम्पूर्ण तुर्क-राज्य के शिक्षा-मंत्री होने का समाचार आया है। अभी हाल में मिस्र की सहस्रों स्त्रियों ने पर्दा हटा अपनी राजनैतिक आकांक्षाओं की पूर्ति के लिए उत्सव मनाया। यह इस बात के लिए पर्याप्त प्रमाण है कि मुसलमान-स्त्री जाति का भी भविष्य अत्यन्त उज्ज्वल है।

एकादश विन्दु

चमत्कार

अपने-अपने महात्माओं की अलौकिक शक्तियों के प्रमाणभूत बहुत से 'चमत्कार' या' मोअजिज़ा (Miracle) सभी सम्प्रदायों में मशहूर हैं। 'क़ुरान' में भी ऐसे अनेक चमत्कार लिखे मिलते हैं। उनमें से बहुत से तो वही हैं जो यहूदी और ईसाई धर्मग्रन्थों में वर्णित हैं और कुछ खास महात्मा 'मुहम्मद' के भी हैं। 'अरब' के लोग ऐसे चमत्कारों के बड़े विश्वासी थे। वह हजरत 'मुहम्मद' से भी उन्हें दिखाने के लिए कहते थे–यदि तू भगवद्दूत (रसूल) है तो क्यों नहीं तेरे साथ देवदूत रहता? क्यों नहीं अपने लिए मेवों का बाग पैदा कर लेता? क्यों नहीं क़ाग़ज़ पर लिखा 'क़ुरान' तेरे पास आता? इसका उत्तर 'क़ुरान' में इस प्रकार है–

"यदि हम (परमेश्वर) तुझ (मुहम्मद) पर काराज पर लिखा हुआ उतारें, तो हाथ से छूकर कहेंगे यह जादू छोड़ और कुछ नहीं।" (६ : १ : ७)

मूसा, ईसा के चमत्कार

'तौरेत' में वर्णित महात्मा 'मूसा' के चमत्कार-'समुद्र फाड़ कर रास्ता बना देना' (२ : ६ : ४),

'पत्थर पर दंडा पटक कर उसमें से बारह सोता निकालना' (७ : २० : ३), 'हाथ में चमकीला मुहर'(२६ : २ : २४), 'चमत्कारी दंडा, जो जमीन पर रखने पर सांप हो जाता

था'(२६ : २ : २३), 'मार कर सौ वर्ष तक रख, फिर जिलाना (२: ३५ : २)। 'कुरान' में भी कोष्ठ में दिये स्थानों में मिलते हैं। महात्मा 'ईसा' के चमत्कारों के विषय में कहा है–

"जब परमात्मा ने कहा–हे मरियम-पुत्र ईसा! तुझ पर और माता पर मेरे उपकार याद कर, जब हमने तुझे 'पवित्रात्मा' द्वारा सहायता दी, तो तू गोद में और बड़ी अवस्था में मनुष्यों से बात करता और हमने तुझे युक्ति, ईश्वरीय पुस्तक, 'तौरेत' और 'इंजील' सिखलायी, जब तू मिट्टी से पक्षी की सूरत बनाता और उसमें फूँक मारता, तो वह मेरी आज्ञा से (सजीव) पक्षी हो जाता। तू मेरी आशा से जन्म के अन्धे और कोढ़ियों को चंगा करता, मेरे हुक्म से मुर्दे को (जिन्दा कर) बाहर निकालता, जब तू उनके पास प्रमाण के साथ आया, और हमने इस्राईल-सन्तान को तुझसे रोका, तो उनमें से नास्तिक कहने लगे कि यह खुला जादू है।" (५: १५ : २)

महात्मा मुहम्मद के चमत्कार

महात्मा 'मुहम्मद' ने यद्यपि चमत्कार दिखलाने में अधिकतर अपनी असम्मति ही प्रकट की, किन्तु तो भी 'कुरान' के कुछ वाक्य उनके कुछ चमत्कारों को प्रकट करते हैं। नीचे उन्हें संक्षेप से दिया जाता है–

(१) "जब फेंका, तो तूने नहीं फेंका, किन्तु परमात्मा ने फेंका।" (२ : २ : ६)
हज़रत ने 'बदर' के युद्ध के समय एक मुट्ठी मिट्टी शत्रुओं की ओर फेंकी थी, पीछे शत्रु की पराजय हुई। यहाँ उसी बात का संकेत है।

(२) " प्रभु ने अपने 'नबी' और मुसलमानों के पास शान्ति और सेना भेजी, जिसको तुमने नहीं देखा।" (६ : ४ : २)
यहाँ एक लड़ाई में ईश्वर ने 'फ़रिश्तों' की सेना भेज कर 'महात्मा' की मदद की–इसकी ओर संकेत है।

(२) "वह (ईश्वर) पवित्र है, जो अपने दास (मुहम्मद) को रात में पवित्र मस्जिद (क़ाबा) से अन्तिम मस्जिद (स्वर्ग), जो चारों ओर पवित्र ऐश्वर्य से पूर्ण है–को ले गया कि उसको अपने प्रमाण दिखावे।" (१७ : १ : १)

"और उसको दूसरे उतार में, अन्तिम बेर (वृक्ष) के पास दिखाया, उसके पास वासोद्यान (स्वर्ग) है। निस्सन्देह उस (मुहम्मद) ने अपने प्रभु के सबसे बड़े प्रमाण देखे।" (५३ : १ : १३-१५,१८)

यहाँ महात्मा 'मुहम्मद' की सजीव स्वर्गयात्रा का वर्णन है जिसे 'मिअ्-राज' कहते हैं। ईश्वर ने उन्हें स्वर्ग में ले जाकर अपने ऐश्वर्य दिखलाये।

(४) "जब हमने जिन्नों में से कितने को तेरी ओर आकृष्ट किया। जिन्होंने 'क़ुरान' सुना और जब वह वहाँ आये, तो (आपस में) बोले–चुप रहो। फिर जब (पढ़ना) समाप्त हुआ, तो अपनी जाति की ओर (ईश्वर का) भय सुनाने वाले होकर लौट गये।" (४६ : ४ : ३)

'जिन्न' अग्नि से उत्पन्न एक देवयोनि है। यहाँ बताया गया है कि उनमें से कितने ही महात्मा से 'क़ुरान' सुनकर मुसलमान हो गये थे और वे अपनी जाति में भी जाकर इसका प्रचार करने लगे। (५) "वह घड़ी समीप आयी, जब चन्द्रमा खंडित हो गया।" (५४ : १ : १)

यह महात्मा के सबसे प्रसिद्ध 'शक्कुलक़्रम' नामक चमत्कार का वर्णन है। महात्मा ने अपनी दैवी शक्ति दिखाने के लिए एक बार अंगुली चन्द्रमा की ओर की, इस पर उसके दो टुकड़े हो गये, जिसको कितने ही उनके अनुयायियों ने अपनी आँखों से देखा, यही इसका सारांश है।

'क़ुरान' में एक-ईश्वर-विश्वास पर बहुत बल दिया गया है। एक-दो नहीं, सैकड़ों बार कहा गया है कि वह परमेश्वर एक ही है, उसके सिवा दूसरा कोई पूज्य नहीं। यहाँ ईश्वर को सर्वव्यापक और सर्वज्ञ माना गया है। अवतारवाद का महात्मा 'ईसा' के वर्णन के समय बड़े जोर से खण्डन किया गया है। 'क़ुरान' ने खुले शब्दों में कहा है कि परमात्मा तुमको पूर्वजों के मार्ग पर चलाना चाहता है। (४ : ४ : १)

महात्मा मुहम्मद ने किसी नये धर्म की नींव रखने का दावा नहीं किया, किन्तु उसी 'दीन-इब्राहीम या 'इब्राहीम' के पन्थ का पुनः प्रचार करता है जो महात्मा 'मुहम्मद' से हजारों वर्ष पूर्व विद्यमान था। महात्मा 'मुहम्मद' उन विशेष व्यक्तियों में से थे जिनका स्थान अपने आसपास के धरातल से ऊँचा होता है। जिस प्रकार प्रकृति कहीं-कहीं नीचे खड्डों के पास उत्तुंग पर्वत उत्पन्न कर देती है, वैसे ही अपनी जन्मभूमि में ऐसी महान् आत्माओं की स्थिति है। यद्यपि 'मोमिन्' और 'मुस्लिम' शब्दों के अर्थ 'सत्य-प्रिय' और 'शान्ति-प्रिय' हैं, तो भी अनेक स्थानों पर इनका बड़ा संकुचित अर्थ लिया गया और इसी भ्रान्ति के कारण संसार में इस्लाम के नाम पर अनेक अनुचित कार्य हुए हैं। विद्वानों ने इस बात को माना है कि महात्मा ने लाचार

होकर आत्मरक्षा के लिए शस्त्र ग्रहण किया था, किन्तु पीछे कितने ही लोगों ने उसका उल्टा अर्थ लगाया। उन्होंने युद्ध को धर्म फैलाने का साधन मान लिया। वास्तव में महात्मा 'मुहम्मद' शान्त प्रकृति के थे, उन्होंने बिना आवश्यकता के कभी रक्त बहाना अच्छा नहीं समझा।

"अल्लाहु ला-मुहिब्बुलफ़साद्।" (२ : २५ : ९)
(ईश्वर कलह नहीं पसन्द करता)

यह वाक्य भी उक्त अर्थ को स्पष्ट प्रतिपादित करता है।

'लकुम् दीन-कुम् व ली दीनी'।

'तुम्हारे लिए तुम्हारा धर्म और मेरे लिए मेरा धर्म'-इस वाक्य ने भी धार्मिक सहिष्णुता का अच्छा पाठ पढ़ाया है। 'इस्लाम' को समझने के लिए हमें उपरोक्त 'क़ुरान' के वाक्यों पर विचार करना चाहिए। कतिपय मुसलमानों के आचरण से 'इस्लाम' पर फ़ैसला देना अन्याय है।

महात्मा मुहम्मद शान्तिप्रिय थे, ईश्वर-भक्त थे, उनमें और बहुत से सद्गुण थे, यों तो मनुष्य होने के कारण यह नहीं कहा जा सकता कि वह सर्वथा निर्दोष थे। उन्होंने मनुष्य-जाति पर बड़ा उपकार किया। अगणित आत्माओं को उनके प्रकाश ने मार्ग दिखलाया। अगणित प्राणियों ने उनके उपदेश से शान्ति पायी। मैंने इस छोटे से निबन्ध में 'क़ुरान' का सार निचोड़ने का प्रयत्न किया है। यथार्थ 'इस्लाम' धर्म भी वही है जिसे 'क़ुरान' के अपने शब्द प्रतिपादित करते हैं।

नोट्स

नोट्स

नोट्स

www.ingramcontent.com/pod-product-compliance
Lightning Source LLC
La Vergne TN
LVHW040042150726
843364LV00038B/973